पार्थसारथी रॉक

जेएनयू की एक कथा-स्मृति

पार्थसारथी रॉक

जेएनयू की एक कथा-स्मृति

सर्वेश सिंह

वाणी प्रकाशन

प्रकाशन के उत्कृष्टतम 62 वर्ष

vaniprakashan.com

सजिल्द पहला संस्करण : 2024
सजिल्द दूसरा संस्करण : 2025

वाणी प्रकाशन

4695, 21-ए, दरियागंज, नयी दिल्ली-110 002
फ़ोन : + 91 11 23273167, 23275710

शाखाएँ
अशोक राजपथ, पटना-800 004, बिहार
कॉफ़ी हाउस कैम्पस, महात्मा गांधी मार्ग, प्रयागराज-211 001, उत्तर प्रदेश
महात्मा गांधी अन्तरराष्ट्रीय हिन्दी विश्वविद्यालय, वर्धा-442 001, महाराष्ट्र
sales@vaniprakashan.in
vaniprakashan@gmail.com

Parthsarathi Rock
by Sarvesh Singh

ISBN : 978-93-5775-416-3
Novel

मूल्य : ₹ 425

जी.एस. ऑफ़सेट, दिल्ली-110 095 में मुद्रित

वाणी प्रकाशन का लोगो मक़बूल फ़िदा हुसैन की कूची से

भारत विरोधी विचारधारा से
जेएनयू सहित देशभर में संघर्षरत
राष्ट्रवादी चेतना को...

अनुक्रम

कृतो स्मर कृतं स्मर

वामपन्थी विचारधारा के राष्ट्रीय विचारक, नेता, आलोचना के शिखर पुरुष और जेएनयू में हिन्दी विभाग के बेहद ताक़तवर आचार्य कॉमरेड अच्युतानन्दन अपने घर की लानाइब्रेरी में आग की लपटों से घिर जल मरे थे। किताबों की राख के साथ काली हड्डियाँ भर बची रह गयी थीं। पता नहीं चल पाया कि यह हत्या थी या आत्महत्या।

आचार्य वही शख़्सियत थे जिन्होंने अभी कुछ दिनों पहले एक देश के रूप में भारत की स्वायत्तता पर गम्भीर सवाल उठाये थे। यहाँ रह रहीं विभिन्न अस्मिताओं की स्वयत्तता की वे वकालत करते थे। इस आधार पर इस देश को कई टुकड़ों में बांटने की वे हिमायत करते थे। वे कम्युनिस्ट इंटरनेशनल के सक्रिय सदस्य थे और भारत में उस संगठन की धुरी थे। आचार्य अभी कुछ दिनों पहले ही पाकिस्तान भी होकर आये थे। वहाँ उन्होंने कश्मीरी अलगाववाद का समर्थन भी किया था। इन वजहों से वे भारतीय मीडिया में सनसनी भी बने हुए थे।

उनकी मौत पर देश भर में वामपन्थी पार्टी के हिंसक-अहिंसक प्रदर्शन हो रहे थे। ब्राह्मणवादी और सामन्तवादी ताक़तों को इसके लिए ज़िम्मेदार ठहराया जा रहा था। दिल्ली में बैठे केन्द्रवादी सत्ता के प्रतीक प्रधानमन्त्री से त्यागपत्र माँगा जा रहा था। दक्षिणपन्थी लोगों पर लगातार हमले हो रहे थे।

उनकी अन्तिम यात्रा शानदार थी। पर, उनका एकमात्र पुत्र, जिसने समाचारों में लिख उन्हें पिता मानने से कभी इनकार कर दिया था, बहुत बुलाने पर भी नहीं आया था। शहर की जानी-मानी हस्तियों के साथ गंगा किनारे जलती उनकी चिता को सबसे अलग खड़ा सजल आँखों से एकटक देखता मैं भी मौजूद था; मैं, जो कुछ की निगाह में, उनकी मौत का कारण भी हो सकता था।

महाब्राह्मण के मुख से निकलती ईशा की अद्भुत स्वर-लहरियाँ मुझे और मृतात्मा को संबल दे रही थीं...'अग्ने नय सुपथा राये अस्मान विश्वानि देव वयुनानि विद्वान..युयोध्यस्मज्जुहुराणमेनो भूयिष्ठां ते नमोक्तिम विधेम'...हे अग्नि..हमें नये सुन्दर रास्तों से ले चलो...पाप को चुनती हमारी इच्छाओं को नष्ट करो...

आग और गंगा से सब पवित्र हो जाता है। उन्हें जलता देख मैं हल्का हो रहा था। एक-एक कर सब जा चुके थे। अकेला मैं अब गंगा के पानी में उनकी राख बहा रहा था...मन्त्रबिद्ध...गुरुर्ब्रह्मागुरुर्विष्णु गुरुर्देवो महेश्वरः, गुरुर्साक्षात परब्रह्म तस्मै श्री गुरुवे नमः...ॐ शान्तं पापं...शान्तं पापं...मृत्योर्माऽमृतंगमय...और शांत जल में, धीरे धीरे, स्मृतियों के अक्श उभरने लगे थे...पीछे से आती देव ध्वनि, पानी में उभरती रेखाओं का पवित्रांकन कर रही थीं...वायुर्निलममृतंथेदम भस्मांतम शरीरं...ॐ कृतो स्मर कृतं स्मर, कृतो स्मर कृतं स्मर...अश्रुपूर्ण स्मरण से पाप कटते हैं, अन्यथा मृत्यु जहाँ ले जाये...वह स्मरण ही यह कहानी है...और कहानियाँ भी, एकलेखे, आध्यात्मिक साधनाएँ हैं। ये अक्षरों की हिमालय हैं। हृदय को ये पवित्र करती हैं। मनुष्य से ईश्वर एवं ईश्वर से मनुष्य तक पहुँचती ये गूढ़ सन्देश हैं। इनमें अपने को बहाकर, निज कर्मों के बंधनों से मुक्त भी हुआ जा सकता है।

यहाँ से बहुत ऊपर, मुक्ति के स्वर्गीय पाथर क्षेत्र, शिवालिक हिमालय में, गंगा, अलकनन्दा नाम से बहती हैं। कहतें हैं कि वासना की अथाहों में डूबे रहने वाले राजा ययाति अपने प्रायश्चित के दिनों में इसी के किनारों में भटकते रहे थे , और अन्त में इसी के जल में डूब मरे थे। असली कथा तो इन्हीं किनारों से शुरू हुई पर उसका मर्म कहीं और पक रहा था...नीचे यमुना के मैदानों में, दिल्ली में जेएनयू के देश प्रसिद्ध परिसर में...

लेकिन सच शायद यह भी है कि ऐसी कथा देश में, हर नदी किनारों, पर घट रही थी। इसलिए तुलसीदास की इस बात को ही गाँठ बाँधें कि–

नाना भाँति राम अवतारा। रामायण सत कोटि अपारा।।

उसी के शब्दों में

लेकिन दोस्तो, यह कथा ज़रूर उसने मुझे सुनायी, पर लगता है जैसे कि यह सिर्फ़ उसकी ही नहीं अपितु, मेरी और आप सबकी भी है। वैसे जिसकी यह कथा है, वह हमारे समय में ज्ञान की सबसे ऊँची डिग्री पीएच.डी. को धारण करने वाला नवयुवक है। देश के सबसे मशहूर जवाहरलाल नेहरू विश्वविद्यालय, नयी दिल्ली के भाषा केन्द्र से उसने हिन्दी में शोध किया है। अपने शोध में उसने साहित्य और समाज के कई गूढ़ प्रश्नों को सुलझाने की कोशिश की है। उसका यह शोध कार्य इतना महत्त्वपूर्ण था कि विशेषज्ञों ने उसके प्रकाशन की संस्तुति की थी तथा दशकों के बाद अदब के क्षेत्र में हुए एक महत्त्वपूर्ण शोध के रूप में उसे रेखांकित किया था।

अपने शोध में उसने सिद्ध किया कि साहित्य इसकी या उसकी भेड़ नहीं कि वह जहाँ चाहे चराता रहे और जब मन करे बाड़े में बन्द कर दे। अपनी-अपनी भेड़ें और अपने-अपने चरागाह नहीं है कविता या कथा या फिर अदब का कोई भी चेहरा बल्कि वह एक ऐसा पानी है जो किसी भी सूखे कण्ठ को प्राप्त है। उसकी जल धारा सारी गलियों और मुहल्लों को छूकर बहती है। इधर, साहित्य की दुनिया को नये तरीकों से देखती वर्गीय विचारधाराओं की भी उसने अपने शोध में धज्जियाँ उड़ा कर रख दीं और यह सोच रखीं कि एक ख़ास समाज की वकालत कर रही विचारधारा अदब का आदर्श नहीं हो सकती। उसने प्रस्ताव रखा कि साहित्य में गुँथे किसी भी विचार का बस एक ही लक्ष्य है और जिसे कभी किसी भक्त कवि ने बड़ी ही खूबसूरती से रखा है–*'सबार ऊपर मानुष सत्य, तहार ऊपर कछु नाहीं।'*

उसने अपने शोध में यह भी बात रखी कि वर्षों की गुलामी की वजह से हमारा सौन्दर्य बोध विचलित हो चुका है। हम अपनी सांस्कृतिक धारा को भूल चुके हैं। साहित्य के अपने देसी संस्कारों से बहुत दूर आ चुके हैं। पश्चिमी मूल्यों ने हमारी

आँखों को ढँक रखा है। अत: आज ज़रूरत है कि हमारा पुनर्जागरण हो। भारत की ओर हम फिर से लौटें।

पर मित्रो, यह ठीक वही समय भी था जब कि जिसे भी महत्त्वपूर्ण रेखांकित किया जाता था, उसका कूड़ेदान में फेंका जाना भी तय था। मेरिट मिथक बन चुकी थी और प्रतिभा हास्यास्पद। हालाँकि उसे अभी तक इसका इलहाम न हुआ था। एक अजीब सी मासूमियत उसके ज्ञान पर तारी थी। जेएनयू परिसर में पिछले छह साल से रहते हुए उसे नहीं पता चला कि मनुष्य और दुनिया के बाल कितने झड़ और नाख़ून कितने लम्बे हो चुके थे।

उसे बिल्कुल ही पता न था कि सामने हर चीज के बाज़ार पनप गये हैं, जहाँ हर चीज की बोली लगने लगी है।

उसे बिल्कुल भी नहीं पता था कि ज्ञान भी पूँजी बन चुका है और सेठ और सत्ता अपनी सुविधानुसार उसका उपयोग कर रहे हैं।

वह अनभिज्ञ था कि बड़ी-बड़ी डिग्रियों का दाम अब दो कौड़ी था तथा वे पुस्तकालयों के कूड़ाघरों में फेंक दी जाती थीं।

वह नहीं जान पाया कि ज्ञान और डिग्री को इस समय में राजनीति और संगठन से जोड़ा जा चुका है। नौकरियों का सम्बन्ध अब शोध कार्य से नहीं बल्कि पार्टी-वर्क और कॉमरेडशिप से जोड़ा जा चुका है।

तो मित्रो, उसे मात्र इतना पता था कि वह एक शोधार्थी है, पीएच.डी. है, लेकिन जो वह नहीं जान या समझ पाया है, वह यह है कि वह इस देश का, दरअसल एक घसियारा है, किताबी कीड़ा है और कुल मिलाकर वह एक ऐसा लिजलिजा जीव है जिसकी जगह वास्तव में पागलख़ाना है।

वह सोचता था, उदास होता था और बताता था। यह कथा उसी के सजल शब्दों में कही गयी है...

पत्थर और बहता पानी

पर, सबसे पहले तुम–पार्थसारथी रॉक। बार बार नमन तुमको। तुम शीर्षक हो क्योंकि ठीक ठीक तुम्ही ने तो देखा है सब कुछ। धारा में एक दूसरे से टकराते काठों को तो नष्ट हो जाना है एक दिन। उनमें शीर्षक की योग्यता और भाग्य कहाँ!

तुमको देख कर मन आज भी लरज उठता है–मेरे पार्थसारथी रॉक। तुमसे लिपट कर अपने आप फील होता था। अपना अन्तस। अपनी सत चित वेदना। मेरे लिए तो बस तुम्हीं जेएनयू थे। कहते हैं कि तुम वह पहले पत्थर हो जो जलप्लावन के बाद दिखे–प्राचीनतम फोल्डेड पर्वत और वैसा ही तुम्हारा रूप। कितना अनोखा, अलग और शानदार। तुमसे लिपट माँ की लिपटन-सा महसूस हर बार हुआ। मार्क्स कम आये तो तुम्हारा सहारा। प्रेमिका न मिली तो तुम्हारी शरण। दुखी हुए तो तुम्हारी छाँव।

बस एक तुम थे जो साक्षी थे। बाक़ी सब बहते पानी-सा था जो एक-न-एक दिन नष्ट होना था। ये बड़ी-सी नौ मंज़िली लाइब्रेरी, ये सारी स्कूल की बिल्डिंगें, सड़कें, गेस्ट हाउसेस, हास्टल्स...ये सब डूब जायेंगे भावी किसी जल प्रलय में। फिर पानियों से ज़िन्दा निकल कभी न आ पायेंगे। पर तुम फिर भी जीवित रहोगे। फिर निकल कर आओगे और अपने किनारे बस्तियाँ बसाओगे।

और वह दिन कैसे भूलें जब लाइब्रेरी से निकल सीधा तुम तक पहुँचे। मन भारी और बेहद उदास था। वह एक ऐसी असफलता थी, जिसे मन मानने को तैयार नहीं था। ज़िन्दगी के आगे अब अँधेरा-सा छा गया था। अकादेमिक्स ही अब ऐसी जगह बची रह गयी थी, जहाँ कोई स्कोप रह गया था। बाक़ी रास्ते बन्द हो गये थे। पिता का स्वप्न टूट चुका था।

उस ढहते समय में तुम्हारी शीतलता सहारा बनी थी। तुम जैसे कि सहला रहे थे मुझे। हवाओं में शामिल तुम्हारी अदृश्य आवाज़ थी। जैसे कह रहे हो कि 'बहुत

पुराना हूँ मैं। अनगिन जनरेशन देख चुका हूँ। अपनी गति में स्थिर। इसलिए मुझे देखो। सफलता-असफलता के अक्स मुझ में देखो। निरुद्देश्य मत बहो। ज़िन्दगी, जितनी गति है उतनी ही स्थिरता भी। इस सन्तुलन को साधो।'

'देखो, पत्थर झूठ नहीं बोलते। वह बस साक्षी होते हैं। जैसे मैं साक्षी हूँ तुम्हारी अनवरत परम्परा का, प्रवाहमान मानुषिक धारा का। मेरे ही सामने कितनी सभ्यताएं उगीं और नष्ट हो गयीं। अनगिन राजा आये और अमरता का स्वप्न पाले मर गये। इस दीर्घ दुःख के सामने कितनी छोटी है तुम्हारी बेचैनी, कितना अल्प है तुम्हारा दुःख। इसलिए निकलो इससे और दौड़ लगाओ।'

और तुम्हारी यह अदृश्य वाणी कितना तो सहला गयी थी पार्थसारथी रॉक। इसलिए भले ही इस कथा में जो कुछ भी घटित हुआ, उससे सीधा तुम्हारा कोई सम्बन्ध नहीं, लेकिन तुम हो, जैसे रहती है परम्परा विकास के साथ, अदृश्य-सी। कहे, लिखे के तुम ही साक्षी रहना। तुम ही उसका निर्णय करना। क्योंकि धारा में बहता जीव नदी के बारे में क्या लिखेगा, क्या जानेगा, क्या कहेगा।

संस्कृताइज़्ड मंकी : गंगेटिक बारबेरियन

अखिल भारतीय प्रवेश परीक्षा पास कर जब मैं जेएनयू पहुँचा तो नार्थ गेट पर ठिठका खड़ा था। प्रशासनिक भवन जाने का रास्ता नहीं सूझ रहा था। तभी उन्हें सामने देखा–दार्शनिक कार्ल मार्क्स-सी कट दाढ़ी, आँख पर ऐनक, लम्बा कुर्ता, मटमैली जींस और हाथ में सुलगती सिगरेट। मैंने सकुचाते हुए भवन का पता पूछा।

बग़ल से गुजरती छात्रा को भरपूर घूरने के बाद उन्होंने अपनी ऊँगली उस दिशा की ओर दिखाई और अंग्रेज़ी में बोले–गो स्ट्रेट, कॉमरेड एंड फोल्ड लेफ्ट। काम भर की अंग्रेज़ी मैं समझता था। सो उनके वाक्य पर भीतर-ही-भीतर हँसा। लेकिन उन्हें थैंक्यू कहकर आगे बढ़ चला। शायद 'टर्न लेफ्ट' का बोध स्वयं अर्जित करना था।

हालाँकि तब नहीं पता था कि जीवन की कहानी इस 'फोल्ड लेफ्ट' से 'बोल्ड लेफ्ट' तक जायेगी!

नार्थ गेट से भीतर जाते हुए कैंपस धीरे-धीरे मेरे सामने खुलता गया। यहाँ मैं इलाहाबाद विश्वविद्यालय से आया था। यहाँ आकर अब ऐसा लग रहा था जैसे मुझे भारत से बाहर किसी परदेशी कैंपस में डाल दिया गया हो। अंग्रेज़ी साइन बोर्डों और पोस्टरों से दीवारें पटी पड़ी थीं। लाल रंग से बने पोस्टरों में हँसिया झलक रहा था। मार्क्स, लेनिन, माओ, चे, हो आदि विदेशी कम्युनिस्ट विचारकों के भी पोस्टर टँगे हुए थे।

लस्त पस्त जब मैं प्रशासनिक भवन के काउंटर पर पहुँचा तो वहाँ से प्रवेश हेतु छह फोलियो मिले, जिन्हें अलग अलग छह स्थानों में जमा करना था। विभाग में, स्कूल में, लाइब्रेरी में, स्पोर्ट्स सेक्शन में, डीन ऑफ़ स्टूडेंट ऑफ़िस में और सबसे अन्त में मैं हास्टल पहुँचा–साबरमती हास्टल। इसे लेने की होड़ मची रहती थी। कारण को-हास्टल। लड़के-लड़कियाँ एक साथ। मुझे यह मेरिट पर ही एलाट हो गया था।

देश में यह अपने किस्म का सम्भवतः अकेला हॉस्टल था। वेस्ट विंग में लड़कियाँ रहती थीं तो ईस्ट विंग में लड़के। मेस दोनों के लिए कॉमन था। छोटा-सा स्पोर्ट्स कांप्लेक्स भी कॉमन था। कॉमन रूम में एक ही टीवी था, जहाँ लड़के लड़कियाँ साथ बैठ कर समाचार और मैच देखते। गर्ल्स विंग में हालाँकि लड़कों को घुसने की मनाही थी, पर बॉयज विंग में लड़कियाँ कभी भी आ जा सकती थीं।

कहते हैं कि कभी इसी हॉस्टल में रहकर हिन्दी के उस बड़े कथाकार ने 'कृष्णबिहारी की प्रेम कथा' नामक अपनी एक प्रसिद्ध कहानी लिखी थी। वह इसके सबसे ऊपरी फ्लोर पर रहता था। उसके पास एक दूरबीन थी जिसे लेकर वह रातों को छत पर चला जाता था तथा वहाँ से अपनी मासूका के कमरे में झाँकता था। बाद में उसका रोग एक दिन इतना बढ़ गया कि वह लड़कियों के विंग में घुसकर मासूका के कमरे तक जाने लगा। उसे पकड़कर लड़कियों ने पीट दिया और शिकायत लिखवा दी। उसे विश्वविद्यालय से तड़ीपार कर दिया गया। बाद में एक कहानी और लिखकर उसने आत्महत्या कर ली।

वे हॉस्टल गेट पर ही मेरा रास्ता रोके हुए खड़े मिले। छींटदार लुंगी और फुल शर्ट में। पिच्च से खैनी रेलिंग पर थूकते बोले–'हिन्दी में आये हो तो इधर आओ नहीं तो भाड़ में जाओ।'

मैं उनसे सटकर खड़ा हो गया।

उन्होंने फिर खैनी मलनी शुरू की। पुरानी को मुँह में दाहिने और नयी को बायें रखते बोले–'लग तो इलाहाबाद के रहे हो।'

मेरे हाँ कहने पर उन्होंने कन्धे पर हाथ रखा और कहा–'अंग्रेज़ी सीख लो। हिसाब से रहना और बायें-बायें चलना। न चल सको तो कम से कम चलने का भ्रम ज़रूर फैलाना। दायें देखना भी मत। आसमान में बाँस मत खोसना।'

ये मेघनाथ चौहान थे। मुझसे सीनियर।

जवाब में हँसते मैंने कहा–'जी सर।

पलट कर फटकारते वे बोले–'जी मत कहो। जी सिर्फ़ नामवर जी हैं बाक़ी सब सी हैं।'

मेघनाथ चौहान उत्तर प्रदेश के जौनपुर के कुख्यात माफ़िया ऋषभ सिंह के छोटे भाई थे। इंटर के बाद वे इलाहाबाद विश्वविद्यालय में बीए पढ़ने आ गये। कहते हैं कि एक दिन राजनीतिशास्त्र विभाग के सामने वे खड़े थे कि अचानक उनकी एक क्लासमेट लड़की ने उनसे पूछा कि 'राय सर, विभाग में आये हैं क्या?'

इस़ पर मेघनाथ चौहान ने पहले तो अपने शर्ट-पैंट की जेबें चेक कीं फिर सामने खड़े दोस्त से भी हँसते हुए कहा कि 'देख तो ज़रा, राय साहब कहीं तेरी जेब में तो नहीं!'

लड़की यह देख गुस्सा गयी और उन्हें बदतमीज कहकर जाने लगी और बस, मेघनाथ ने न आव देखा, न ताव और अपनी चप्पल उतारकर खींचकर उसकी पीठ पर दे मारी। उसने रुआँसे मुँह से उनकी ओर देखा और चली गयी। दूसरे दिन लड़की के भाइयों और उनके दोस्तों ने मेघनाथ को उसी विभाग के सामने पीट दिया। कई टाँके लगवा कर वे हॉस्टल के अपने कमरे में लेटे थे कि बड़े भाई आये और मारने वालों के नाम पूछे। लेकिन मेघनाथ कुछ न बोले। उन्हें बस वह रुआँसा चेहरा ही बार-बार याद आता।

बाद में कई बार उन्होंने उससे मिलने की, माफ़ी माँगने की कोशिश की, लेकिन उसने अनसुना किया। फिर वे उसे प्रेम पत्र लिखने लगे और फाड़ कर फेंकने लगे। लेकिन एक दिन साहस कर एक पत्र उन्होंने उसे पकड़ा ही दिया। उसने इत्मीनान से उसे पढ़ा, फिर मोड़-तोड़कर उसका गोला बनाया और उनके मुँह पर दे मारा। जाते-जाते बोली भी कि 'अपराधी का भाई अपराधी।'

बात उन्हें चुभ गयी। उन्होंने पढ़ाई में स्वयं को झोंक दिया और एंट्रेंस टॉप कर जेएनयू आ गये। फिर जैसा कि वे कहते हैं कि 'यहाँ की राजनीति में ऐसे फँसे कि उसे भूल ही गये।'

ख़ैर, उस रोज़ फोलियो आफ़िस में जमा कर जब मैं छप्पन नम्बर कमरे तक पहुँचा तो वह अन्दर से बन्द मिला। धीरे से मैंने खटखटाया। काफ़ी देर तक नहीं खुला, तब मैंने कान सटाये। लड़का-लड़की की एक दूजे को काटती आवाज़ें आ रही थीं। फुसफुसाहटें...उत्तेजना से भरी हुईं आवाज़ें।

सहसा दरवाज़ा खोल कर लड़की वापस कमरे में मुड़ी और लड़के के साथ रजाई में समा गयी। लड़का रजाई से मुँह निकाल मुझे घूर रहा था। 'कमरा मुझे अलाट हुआ है'–कहकर ख़ाली पड़ी कुर्सी पर जाकर मैं बैठ गया और उजबक की तरह इधर-उधर देखने लगा।

लड़की ने लड़के के गले को चूमा और फुसफुसाई–'लुक्स लाइक गंगेटिक बारबेरियन।'

'नो डार्ल, मस्ट बी संस्कृताइज़्ड मंकी'–लड़का लड़की का होंठ चबाते बोला।

मेरे मन में दोनों के अर्थ स्पष्ट हो रहे थे। पहले का अर्थ था गंगा किनारे

का बर्बर जो प्रायः बिहार और उत्तर प्रदेश के रहवासियों हेतु प्रयुक्त होता था। दूसरे का अर्थ था वह बन्दर जिसे सुसंस्कृत कर मनुष्य बनाया गया हो तथा यह प्रायः दक्षिण भारतीयों के लिए प्रयुक्त होता था। इन शब्दों ने मेरे दिमाग़ को झनझना दिया था।

अचानक ग़ुस्से में खींच कर एक लात मैंने लड़के को मारी थी और जब वह खड़ा हुआ तो उसका कालर पकड़ कर उसे घूर रहा था। लड़की चिल्लाने लगी थी जिसे सुन बग़ल के कमरे वाले छात्र इकट्ठा हो गये थे। किसी ने वार्डन को सूचना दे दी थी और वे धड़धड़ाते हुए आ चुके थे।

लड़का लड़की दोनों चीख़-चीख़कर कह रहे थे कि मैंने लात मारी और मैं चिल्ला-चिल्ला कर कह रहा था कि वे दोनों मेरे एलाट वाले कमरे में सम्भोग कर रहे थे। वार्डन ने स्थिति समझी और बाक़ी सबको भगा कर हम लोगों के साथ कमरे में बैठक शुरू की। उन्होंने प्रस्ताव रखा कि वह लड़का मेरी खायी हुई लात भूल जाये और मैं उनका किया हुआ सम्भोग भूल जाऊँ और हम तीनों प्यार से रहें इस कमरे में।

इसी बीच मेघनाथ चौहान का यह कहते हुए कमरे में प्रवेश हुआ कि 'हमारे उत्तर प्रदेश से आये हुए लड़के को मेरे रहते हुए परेशान नहीं किया जा सकता। दिल्ली की एलीट लाबी के मुर्दाबाद का समय आ गया है।'

वार्डन ने उनकी ओर ग़ुस्से से देखा पर दबा गया। बोले–'मेघनाथ जी, अब आप ही निपटारा कर दें। यह तो आम-सा मसला है।'

पूरे मसले को समझते हुए मेघनाथ जी ने यह अनोखा प्रस्ताव रखा कि 'भविष्य में या तो सम्भोग शेयर कर लिया जाये अथवा लड़का-लड़की निपटान हेतु इस कमरे की जगह पार्थसारथी रॉक की अँधेरी झाड़ियों का आश्रय लें।'

प्रस्ताव सुन सब दंग रह गये। बड़ी मुश्किल से मुँह से छूटते हँसी के फव्वारे को मैंने रोका। लड़की ऊपर से नीचे मेरा मुआयना कर रही थी। मैं मेघनाथ को घूर रहा था। फिर चुपचाप वे मुझे लेकर कमरे से निकल गये। वार्डन भी निकल गया।

बाहर निकल ढाबे पर मेघनाथ चौहान ने चाय का आर्डर दिया, सिगरेट सुलगायी और मेरे कन्धे पर हाथ रख कहा–'ये कॉमरेडों की नगरी है डियर। ढीले पड़े तो तेल हो जायेगा। यहाँ जैसे-को-तैसा देने की आदत डालो बच्चा, नहीं तो ऐतिहासिक सह द्वन्द्वात्मक भौतिकवाद हो जाओगे। और हाँ! कल से ही कोई अंग्रेज़ी का न्यूज़ पेपर लगा लो, केवल हिन्दी से यहाँ काम नहीं चलेगा।'

और अगले ही दिन से अंग्रेज़ी का 'टाइम्स ऑफ़ इंडिया' अख़बार मैं बाँचने लगा। समाचार शीर्षकों को तो मैं रट जाता था। कहना न होगा कि अंग्रेज़ी का पहला मुकम्मल वाक्य भी मैंने अपने रूममेट की गर्ल फ्रेंड को ही बोला था। उस रोज़ मैं कमरे में न था और वे दोनों सम्भोग के बाद लगी भूख के कारण मेरा पैक लंच खा गये थे। ख़ाली डिब्बा देख ज़ोर से उस पर मैं चीख़ा था–'आई लव टू हेट यू।'

वाक्य ने जैसे जादू किया हो। वह अवाक् मुझे ताड़ रही थी। आगे बढ़कर उसने मुझसे हाथ मिलाया, माफ़ी माँगी और बोली–'तुम तो अमेरिकन अंग्रेज़ी छाँटना सीख गये हो।'

जवाब में उसके हाथ को मैंने सहलाया और छोड़ दिया। कुछ बादल उड़े और बरस के चले गये। जंगल में एक शावक ने छलाँग लगायी और शेर के पंजे से निकल गया।

हिन्दुत्व...डाउन डाउन

जल्दी ही कैंपस में मैं घुलमिल गया। मैंने देखा कि यह अजब दुनिया थी। दिन में सोती थी और रात में जगती थी। किन्तु मेरी आदतें तो अभी भी इलाहाबादी ही थीं। सो एक रोज़ सुबह तड़के बाहर लान में योगमुद्रा में बैठकर जैसे ही मैंने ओंकार शुरू किया कि सामने लटक रही बालकनी पर एक औंघाई छात्रा निकल आयी और लगभग डाँटते हुए मुझसे कहा कि 'स्टॉप दिस नानसेंस...यही करना है तो जाओ अपने वेदों में घुस जाओ।' मैंने सन्न उसे देखा और उठकर टहलने निकल गया। कैंपस वीरान था। जैसे सुबह की कोई मानवीय संस्कृति ही न हो उसकी।

कैंपस में रात को रौनक बढ़ जाती थी। कई ढाबे थे जो विचार विनिमय के अड्डे थे। वे प्राय: अर्द्ध रात्रि तक खुले रहते थे। इनमें सबसे प्रसिद्ध था–गंगा ढाबा। कहते हैं कि यहाँ चाय न पीनेवाला एक सेमेस्टर से अधिक कैंपस में नहीं टिक पाता था। चाय की भी यहाँ कई क़िस्में थीं। जैसे कि नार्मल टी, डीप टी, मिल्क टी, लेमन टी, मसाला टी आदि आदि।

कैंपस में वाम विचार को मानने वाले विद्यार्थियों का बहुमत था। इस वाम विचार के मसीहा थे–कार्ल मार्क्स। कहते हैं कि 19वीं सदी का यह दर्शन 20वीं सदी में आकर बेहद प्रभावी हुआ। इसने हिंसात्मक क्रान्ति की शुरुआत की। पिछले सौ सालों में इस क्रान्ति के नाम पर लगभग 10 करोड़ लोगों को मौत के घाट उतार दिया गया था।

हिटलर के बाद का जर्मनी जब टूट गया तब इसके पूर्वी हिस्से पर वामपन्थियों का क़ब्ज़ा हुआ और उन्होंने पश्चिमी जर्मनी, जो तथाकथित पूँजीवादी देशों के अधिकार में था, से अलग करने हेतु एक दीवार बना दी। कुछ ही सालों में वाम सरकार से त्रस्त आकर लोग भागने लगे तो उन्हें गोलियाँ मार दी गयीं। कहते हैं कि लगभग 50 लाख लोगों ने निरंकुश वाम सरकार से पलायन किया।

बहुत बाद में जब जनता को अक्ल आयी तो उसने ख़ुद इस दीवार को तोड़कर अपनी मुक्ति पायी।

मार्क्स पति-पत्नी के रिश्ते को भी पूँजीवादी बताते थे। उनके अनुसार विवाह का उदय ही इसलिए हुआ कि पुरुषों के हाथ में सत्ता और सम्पत्ति का केन्द्रीकरण हो तथा स्त्री से सन्तान पैदा की जा सके। मार्क्स ने दासता से मुक्ति के लिए इस परिवार नामक संस्था को नकारने की वकालत की। कहते हैं कि मज़दूरों के लिए आवाज़ उठाने वाला मार्क्स स्वयं अपने घर की नौकरानी को वेतन नहीं देता था। उसका शोषण करता था। उसके साथ सेक्स करता था जबरन और उससे पैदा लड़के को उसने कभी अपना नाम नहीं दिया।

कैंपस में इन्ही मार्क्स के अनुयायी विद्यार्थी एक दूसरे को कॉमरेड कहते थे। इन कॉमरेड लड़के-लड़कियों का एक ही कॉमन ड्रेस था—कुर्ता, जींस और सैंडिल। बाल बढ़ाये रखना, अटपटे बाल रखना, उँगलियों में हमेशा फँसी सिगरेट भी इनकी पहचान थी। कई दिनों तक न नहाना भी उनकी आदतों में शामिल था। वे देर रात तक सोते और सुबह उठकर सीधे मेस में नाश्ते की मेज़ पर आ बैठते। बड़े-बड़े गिलासों में भर-भर चाय पीते, सिगरेट के छल्ले उड़ाते। अपने से भिन्न ड्रेस वालों को वे शोषक और पूँजीवादी कहते।

वे प्राय: रात में मशाल जुलूस निकालते थे, जिनमें बड़ी संख्या में छात्र-छात्राएँ शामिल होते थे। वे नारे लगाते थे—ब्राह्मणवादी भारत को...जला दो मिटा दो; सामन्तवाद हाय हाय; भारत तेरे टुकड़े होंगे...इंशाल्लाह, इंशाल्लाह आदि आदि। पर ज़्यादातर नारे अंग्रेज़ी में होते थे। वे कार्ल मार्क्स को अपना नेता मानते थे। रूस के लेनिन को आदर्श मानते थे। भारत की अधिकांश परम्पराओं, संस्कृतियों को वे किसी क्रान्ति के माध्यम से जलाने मिटाने का स्वप्न देखते थे। प्राय: वे भारत को राष्ट्र ही नहीं मानते थे। वे भारत में कई भारत को मानते थे। कई राष्ट्रीयताओं को मानते थे। वे सभी को स्वतन्त्र और स्वायत्त करने की हिमायत करते थे। इसलिए भारत को भी विखण्डित करने की वकालत करते थे।

उनकी राजनीति अजीब थी। वे मन्दिर से तो घृणा करते थे पर मस्जिद को कुछ न कहते थे। नवरात्र के मेले उन्हें रुढ़िवादी लगते थे लेकिन मुस्लिमों का रोजा और इफ्तार स्वस्थ लोक परम्पराएँ। इस पर वे तर्क नहीं करते थे। उन्हें समझाएँ तो वे हाथापाई पर उतारू हो उठते थे। एक पत्नीव्रत पुरुष उनके लिए शोषण का प्रतीक था, जबकि मुक्त सेक्स प्रगतिशील विचार। इसे वे वैज्ञानिक चिन्तन भी कहते थे।

वे मानते थे कि सब कुछ को बदलने के लिए सत्ता चाहिए और सत्ता बन्दूक़ की नली से निकलती है। सो वे नारा लगाते थे–'पढ़ो पढ़ाई लड़ने को।' वे उसी पाँच सौ एकड़ के कैंपस में गुर्राते थे और लड़ते थे। देर रात मुक्त साहचर्य में डूब जाते थे, जिसे वे प्रगतिशील समझते थे।

वे अपने को कॉमरेड कहते थे और अन्य छात्रों से अपने को ऊँचा समझते थे। उनकी तर्क शैली भी अजीब थी। जैसे कि एक मुस्लिम कॉमरेड किसी हिन्दू लड़की से तपाक से कह देता था कि मैं मुसलमान हूँ तो इस वजह से क्या तुम्हारे प्रेम के लायक नहीं? हिन्दू लड़की इस तर्क के सामने ठहर नहीं पाती थी और धोखे से दिल दे बैठती थी। फिर वह मुस्लिम कॉमरेड उसका कुछ दिनों यौन शोषण करता था। वह किसी रोज प्रेग्नेंट हो जाती थी और बच्चा गिरा कर अपने घर लौट जाती थी। उसका कॅरियर समाप्त हो जाता था। लेकिन वह मुस्लिम कॉमरेड उसी अस्त्र से फिर दूसरी हिन्दू लड़की का शिकार करता था। वह मुस्लिम कॉमरेड हमेशा किसी शिकायत के बाद भी बच निकलता था, क्योंकि वह अक्लियत माना जाता था और यह होना जेएनयू में प्रगतिशील माना जाता था, जबकि कैंपस के दक्षिणपन्थी लड़के इस प्रवृत्ति को लव जिहाद कहते थे।

अक्सर मैंने यह भी देखा कि मुस्लिम लड़के अपनी मजहबी वेशभूषा के साथ रहते थे। कैंपस में उन्हें छूट थी कि कहीं भी नमाज पढ़ सकें। लेकिन यह अवसर हिन्दू विद्यार्थियों को न था। माथे पर टीका लगाये कोई बाहर निकले तो कॉमरेड उसे हूट करते थे। सिन्दूर लगायी विवाहित छात्राएँ भी उनके हूट का शिकार होती थीं। कैंपस में एक बार दुर्गा पूजा के लिए कुछ छात्रों ने पण्डाल लगाया तो कॉमरेडों ने उसे उखाड़ दिया और मूर्ति फेंक दी।

वेद पुराण की तो बात करना ही कैंपस में गुनाह था। राम ब्राह्मणवादी सत्ता के प्रतीक माने जाते थे, तो कृष्ण छलिया। राम की कहानी को वे गप्प और कल्पना कहकर उसे अनैतिहासिक ठहराते थे। लेकिन जब भारतीय परम्परा को उन्हें अपमानित करना होता था तो रामायण से ही सीता के निष्कासन की घटना को सप्रमाण सामने रखते थे। ऐसे में आप उन पर हँसें या तिलमिलायें, उन्हें कोई फ़र्क़ नहीं पड़ता था। अपने को सही सिद्ध करने के लिए वे झूठ की हद तक जा सकते थे। उनका मानना भी था कि क्रान्ति के लिए अनीति, असत्य सब जायज है। इसके लिए वे पैगम्बर मुहम्मद का उदाहरण देते थे कि काफिर से झूठ बोलना जायज है।

प्राचीन भारत की सारी बातें धार्मिक और ऐतिहासिक उनके लिए दकियानूसी भरी थी। इसलिए कॉमरेड भारत के इतिहास को तभी से शुरू हुआ मानते थे, जब से इस्लाम ने इस पर क़ब्ज़ा किया। उनके कॉमरेड शिक्षकों और इतिहासकारों ने कुछ ऐसी पुस्तकें लिखी थीं, जिनमें भारत का इतिहास मुग़ल काल से शुरू होता था। उससे पूर्व भारत के पास कोई इतिहास न था। सिर्फ़ अन्धकार था। कॉमरेड इसे ही आदर्श मानते थे। लाइब्रेरी में अधिकांश किताबें ऐसे ही विचारों से भरी हुई थीं।

धर्मनिरपेक्षता, जिसे वे अंग्रेज़ी में सेकुलरिज़्म कहते थे, का यहाँ बोलबाला था। वे मानते थे कि धर्म अफ़ीम है, जिसका प्रयोग शोषण के लिए किया जाता रहा है। लेकिन उनकी यह तुलना भी एकांगी थी। इसका प्रयोग वे सिर्फ़ हिन्दू या सनातन धर्म के ख़िलाफ़ ही करते थे। सनातन धर्म के रीति-रिवाज़ उनके लिए रुढ़िवादी थे। लेकिन इसी तुलना पर इस्लाम या क्रिस्तानी धर्म उनके लिए प्रगतिशील थे। वे कश्मीर में सक्रिय इस्लामिक जेहादियों तक को प्रगतिशील मानते थे तथा उन्हें आतंकवादी न कहकर मिलिटेंट कहते थे और प्राय: स्वतन्त्रता सेनानी भी।

वे सामासिक संस्कृति अथवा गंगा-जमुनी तहजीब की बातें भी किया करते थे। लेकिन इस मसले को वे प्राय: अकबर महान से शुरू करते थे। इस तहजीब में शेरो-शायरी की जगह थी पर संस्कृत भाषा के पुराने वैभव की नहीं। संस्कृत भाषा को वे सामन्ती और ब्राह्मणवादी भाषा मानते थे। संस्कृत ग्रन्थों को वे जलाते भी थे। हर वर्ष वे कैंपस में मनुस्मृति जलाते थे। इतना ही नहीं रामचरितमानस को दलित और स्त्री विरोधी कहकर जलाते थे।

सुनते हैं कि एक बार कावेरी हॉस्टल में रहने वाले उत्तर प्रदेश के एक ब्राह्मण लड़के राजमणि पाण्डे ने अपने कमरे में हनुमान जी की छोटी-सी मूर्ति लगायी और सुबह-शाम पूजा पाठ करने लगा। लेकिन उसके कॉमरेड रूममेट को यह पसन्द न आया और उसने उसे मूर्ति हटाने की वार्निंग दी। जब उसने ऐसा नहीं किया तो एक दिन उस कॉमरेड ने कई दूसरे कॉमरेडों को इकट्ठा किया और मूर्ति फेंक दी। उन्होंने उसे पीटा भी।

फिर वे सारे कॉमरेड वार्डन के यहाँ गये और उस ब्राह्मण लड़के को रूम से निकालने की वार्निंग देते हुए धरने पर बैठ गये। वार्डन डर गया और उसने उसे एक हफ़्ते का टाइम दिया कि दूसरा हॉस्टल खोज ले। लेकिन यह घटना इतनी चर्चित हो गयी कि कैंपस के डीन ऑफ़ स्टूडेंट ने इस बिना पर उस लड़के को कोई भी हॉस्टल देने से मना कर दिया। मजबूरन उसे बाहर कमरा किराये पर लेकर रहना

पड़ा। हालाँकि ग़रीबी के कारण वह बहुत दिनों तक ऐसा न कर पाया और एक दिन पढ़ाई छोड़कर अपने शहर चला गया।

कैंपस में इन्ही दिनों 'सेव दी रिपब्लिक' आन्दोलन भी रफ़्तार पकड़ा। यह वाम के गढ़ केरल से आया था। कहते हैं कि केरल के आलप्पूझा ज़िले में कट्टरपन्थी संगठन पीएफआई की 'सेव द रिपब्लिक' नामक रैली में मार्च कर रहे लोगों में से कन्धे पर बैठे एक बच्चे ने चीख़-चीख़कर नारे दिये कि "हिन्दुओ, अपने अन्तिम संस्कार के लिए घरों में चावल रख लो तुम्हारे कातिल सड़कों पर आ गये हैं।"

उन्मादी भीड़ बच्चे की पंक्तियों को उसके पीछे दोहरा रही थी, बच्चे ने आगे कहा, "यहाँ रहना है ठीक से रहो वरना हमें आज़ादी का मतलब मालूम है।" पहले नारे के बीच में बच्चा एक और नारा लगाता है कि "हम कुछ भूल रहे हैं। ईसाइयों तुम भी अपने घरों में अन्तिम क्रिया के लिए धूप रख लो।" भीड़ इसे भी दुहराती है।

बच्चा पूरे जोश में फिर चीख़ता है, 'हम पाकिस्तान नहीं जायेंगे, हम बांग्लादेश नहीं जायेंगे, हम यहीं छह फ़ीट ज़मीन में दफ़न होंगे, लेकिन मरने से पहले संघियों हम तुम्हें निपटा के मरेंगे, याद रखो तुम्हें कुचलने वाले सड़कों पर हैं, तुम्हें निपटा कर मरेंगे।" भीड़ पूरे जोश से नारे को दोहराती है।

यह बताने की आवश्यकता नहीं कि पीएफआई द्वारा निकाली गयी इस रैली में पुलिस के आला अधिकारी भी सुरक्षा व्यवस्था के लिए उपस्थित थे, लेकिन संवैधानिक पद की मर्यादा भूले इन पुलिसकर्मियों पर वामपन्थी सरकार की तुष्टीकरण की नीति का वज़न इतना भारी था कि वे मूकदर्शक बने रहे।

शायद इसीलिए मेघनाथ चौहान देश के इस एकांगी माहौल से अक्सर क्षुब्ध रहते थे। राजमणि और केरल की घटना ने उन्हें बेतरह विक्षुब्ध कर दिया था और आख़िर एक दिन उनका गुस्सा फूट ही पड़ा। अल सुबह लाइब्रेरी एवं परिसर में अन्य जगहों पर लोगों को एक लम्बी कविता सटी मिली। उसका शीर्षक था–हिन्दू। पूरी कविता कुछ यूँ थी–

वे हिन्दू थे
उनका न कोई एक
ईश्वर था
न देवता
न पैगम्बर

न आसमानी किताब
न मन्त्र
और न ही इबादतगाह

वे हिन्दू थे
और जमीन पर रहते थे
पर डाल पर क्रौंच पक्षी का अधिकार
स्वीकार करते थे

इसीलिए पहली बार
जब एक बहेलिये ने
एक नर क्रौंच का वध किया
तो कहते हैं कि
मादा का मादक विलाप सुन
उनमे से एक
जिसका नाम वाल्मीकि था
का ग़ुस्सा फूट पड़ा
क्रोध में अपनी हथेली में तमसा का जल लेकर
उसने बहेलिये को तत्क्षण अभिशाप दे दिया–

'मा निषाद!
प्रतिष्ठाम त्वम् गमः
शाश्वतीः समाः..

भीतरी शोक से सहज निकली
यह एक कुँवारी करुणा थी
जिसमें निषाद के शाश्वत काल तक
प्रतिष्ठित न होने की कामना थी

पर कवियों की मानें तो
यह संसार की प्राचीनतम कविता का
पहला पहला छन्द था

वे हिन्दू थे
और ईश्वरों तथा देवताओं को
पत्थरों में रोप देते थे
और इस तरह संसार के प्राचीनतम ग्रन्थों में
पत्थर पानी हवा आग मिट्टी
कीचड़ फूल पत्ता तिनका
या कहें कि अपने से इतर कण-कण को
उन्होंने देवता का दर्जा दिया

पृथ्वी पर जो कुछ भी
उन्हें सुन्दर लगता था
और उपयोगी था
उसे वे देवता और ईश्वर के पद पर
क्रमशः बदलते रहते थे

जैसे वर्षा जो हरियाली लाती थी
जैसे धूप जो जाड़ों में अच्छी लगती थी
जैसे हवा जिससे पसीना सूखता था
जैसे अग्नि जिससे भोजन पकता था

या फिर जैसे बारह आदित्य
और आठ वसु
और ग्यारह रुद्र
और दो प्यारे अश्विनी कुमार

पर देवताओं और जन्नतों के नाम पर
मिट्टी में ख़ून मिलाने की
आदत उन्हें न थी।

वे हिन्दू थे
और किताबों को आसमानी भी नहीं समझते थे
पर लोग थे कि आसमानी किताबों का हवाला देकर

उनके पास आते रहे
मिट्टी के लिए ख़ून बहाते रहे
पर वे थे कि
पत्थरों के और नजदीक जाते रहे

यह उनका डर नहीं
एक इशारा था
दिल की तरफ़

वे हिन्दू थे
और उन्होंने न जाने कितने छुरेबाज़ों को माफ़ किया
अपने घर में उनका स्वागत किया
अपने और अपनों के ही ख़ून से सने हाथों को
आँसुओं से धोया
अपने देवालय में उन्हें बसाया।

वे हिन्दू थे
उनका दिल बड़ा और पेट छोटा था
और संवेदना इतनी गहरी कि
हवा से पेट भरने का एक शास्त्र ही रच डाला
ताकि गायों को दिक़्क़त न हो।
उनमें से कुछ तो इतने विरागी थे कि
निस्पन्द पहाड़ों पर शान्ति खोजने निकल पड़े
उनके हाथों में कमण्डल था
तलवारें नहीं
और पश्चिमी दर्रों को पार करने की
उनमे कोई महत्त्वाकांक्षा भी न थी
पत्थरों पर वीर्य बिखेरने की छटपटाहट भी उनमें न थी

वे हिन्दू ही थे
उन्होंने पूरी अयोध्या नहीं माँगी

कोई और होता तो माँग लेता
नहीं मिलता तो छीन लेता
मिट्टी के हित में
उन्होंने अपने हिमालय का सीना भी चाक कर दिया
ताकि एक पाक सरज़मीं को बसाया जा सके
और इतना ही नही
अपने देवताओं को भी उन्होंने समझाया
कि थोड़ी-सी जगह अयोध्या में वे छोड़ दें
ताकि एक पैगम्बर की आयतें भी गुनगुना सकें

एकबारगी तो इस कविता ने पूरे कैंपस को हिलाकर रख दिया। लेकिन शीघ्र ही कॉमरेडों ने स्थिति को नियन्त्रित कर लिया। इसे सभी जगहों से फाड़कर फेंक दिया गया। मेघनाथ चौहान को पकड़ कर पीट दिया गया। उनका हास्टल का कमरा उजाड़ दिया गया।

लेकिन फिर भी कविता की गूँज कम न हुई। अतः कॉमरेडों द्वारा 'डिस्मेंटलिंग ग्लोबल हिन्दुत्व' सम्मेलन का आयोजन किया गया। चालाकी से यह कहा गया कि इसका उद्देश्य लिंग, अर्थशास्त्र, राजनीतिविज्ञान, जाति और धर्म में विशेषज्ञता रखने वाले दक्षिण एशिया के विद्वानों को मंच मुहैया कराना है, ताकि वह हिन्दूवादी विचारधारा को उनके नज़रिये से समझ सकें।

लेकिन शीघ्र ही उनका छिपा एजेंडा सामने आ गया। कार्यक्रम में शामिल पैनलिस्टों में से एक ने सम्मेलन में कहा कि उनका लक्ष्य हिन्दुत्व को खत्म करना है। इसके पीछे का तर्क देते हुए उसने कहा कि "हिन्दुत्व हिन्दू धर्म नहीं है, यह बहुत ख़तरनाक है और यह हमें भविष्य में वहाँ नहीं ले जायेगा जहाँ हम जाना चाहते हैं।"

इसके साथ ही पैनलिस्टों ने सम्मेलन में बहुत भड़काऊ टिप्पणियाँ कीं, जिससे यह समझना मुश्किल हो गया कि यह एक 'विद्वानों' का सम्मेलन था या फिर एक साथ इकट्ठा हुए पागलों का जमावड़ा। उन्होंने हास्यास्पद दावा किया कि नाजीवाद के लिए ब्राह्मणवाद ज़िम्मेदार है।

और यहीं सबसे पहले मैंने आचार्य को देखा था। अपनी बारी आने पर वे तमतमाए उठे थे और मुँह से जैसे कि आग उगल रहे थे-'हिन्दू एक भ्रामक संरचना है। हिन्दुत्व एक अमूर्त और ख़तरनाक विचार है। क्रान्ति के रास्ते का यह

सबसे बड़ा रोड़ा है। हमें इसे उखाड़ फेंकना होगा। हमने इतिहास में ग़लतियाँ कीं। हमने मालवीय जैसे छुपे हुए हिन्दूवादी को नहीं पहचाना। दयानन्द जैसे पाखण्डी को जगह दी। आज उन्हीं सब का वृक्ष है यह हिन्दुत्व। हमें इससे लड़ना होगा। धर्मनिरपेक्षता के अपने मार्ग को मज़बूत करना होगा। आरएसएस जैसी विषबेल को मिटाना होगा। हमें एकजुट होना होगा दोस्तो। क्रान्ति हमारे दरवाज़े पर दस्तक दे रही है।'

'हिन्दुत्व...डाउन डाउन', 'हिन्दुवाद..हो बर्बाद' के नारों से सेमिनार हाल गूँज रहा था।

और उधर अपने गाँव में तारों को देखता राजमणि अपने भविष्य की चिन्ता कर रहा था जिसे सिर्फ़ हनुमान जी की एक मूर्ति रखने की वजह से कॉमरेडों ने अधर में लटका दिया था।

भारत को...जला दो, मिटा दो

इस बीच कैंपस में नये वीसी आ चुके थे। वे देन तो उसी सत्ता तन्त्र के थे, पर विचारों से उदार थे। सभी की सुनते थे और न्याय कुशल थे। ज़ाहिर है, कॉमरेडों की उस तरह चल नहीं पा रही थी। तो मतभेद होना ही था और ऐसे ही एक दिन विश्वविद्यालय प्रशासन से भी इन कॉमरेडों की ठन गयी। कारण यह था कि कॉमरेड विद्रोही के ख़िलाफ़ मिस जेएनयू तरुणा किम ने यौन उत्पीड़न की शिकायत कर दी थी और विश्वविद्यालय प्रशासन ने जाँच बैठा दी थी।

तरुणा किम, किसी सीनियर आईएएस की इकलौती लड़की थी। रसूखदार थी। अन्तरराष्ट्रीय अध्ययन से एमए कर रही थी। वे इससे पूर्व मिस डीयू में भी रह चुकी थीं। उनके उत्पीड़न की ख़बर चौंकाने वाली थी। लड़कियों में आक्रोश बढ़ रहा था। सो जाँच हेतु प्रशासन बाध्य भी हुआ।

उधर, कॉमरेड विद्रोही वामपन्थ की धुरी थे। छात्र संघ अध्यक्ष पद के सम्भावित उम्मीदवार थे। कैंपस में विचारों के प्रसार के उत्प्रेरक थे। स्ट्रेटेजिक नीतियाँ बनाते थे, टैक्टिस तय करते थे।

बात बस इतनी थी कि तरुण किम जैसी सुन्दरी, जिस पर पूरा कैंपस लट्टू था, जिसे देख प्रोफ़ेसर तक आहें भरते, अब तक कॉमरेड नहीं बन पायी थी और यह मूवमेंट के लिए चिन्ता की बात थी। कई तरीक़े से तरुणा से सम्पर्क साधने की कोशिशें की गयी थीं, पर सब बेकार गयी थी। सो, यह लक्ष्य कॉमरेड विद्रोही ने अपने कन्धों पर लिया। उसने तरुणा को प्रभावित करने का काम आरम्भ कर दिया। मूवमेंट में इसके लिए तीन तरीक़े प्रसिद्ध थे–सिगरेट, शराब और सेक्स।

कॉमरेड विद्रोही ने सर्वप्रथम सिगरेट वाला रास्ता पकड़ा। तरुणा के हाथों न केवल सिगरेट आ गयी बल्कि वह कॉमरेड विद्रोही के साथ उसे शेयर कर पीने भी लगी। रास्ते को और गहरा करने हेतु कॉमरेड विद्रोही ने फिर सिगरेट के साथ शराब

को भी जोड़ दिया। तरुणा यहाँ भी उनसे आगे निकल गयी। कॉमरेड विद्रोही जितना पीकर उलट जाते थे उतने में तो वह शुरू होती थी। लेकिन अब भी विद्रोही को लगता रहा कि तरुणा ठीक से क्रान्ति के पक्ष में नहीं खड़ी हो रही। ज़ाहिर है उन्होंने पार्टी में प्रचलित 'अमोघ' रास्ता पकड़ा। उन्होंने निश्चय किया कि वे सुन्दरी तरुणा किम को आकण्ठ दारू पिलाकर पहले जबरन शील भंग करेंगे, तत्पश्चात नकली माफ़ी माँगते हुए और शील भंग को ऐतिहासिक और द्वन्द्वात्मक ज़रूरत बताते हुए वाम विचार का आदर्श निरूपित करेंगे।

सो, अगली रात सिगरेट दारू की अधिकता में जब तरुणा की आँखें चढ़ने लगीं तो कॉमरेड विद्रोही उस पर चढ़ने की कोशिश करने लगे।

लेकिन यहीं कॉमरेड विद्रोही से चूक हो गयी। तरुणा ने कई सवारियाँ की थीं। उसके ग्राहक बड़े-बड़े मॉडल थे। सो, अचानक उसने विद्रोही को जमीन पर पटक दिया और उनके सीने पर सवार होकर बोली–'आई विल डिसाइड एंड चूज दी पर्सन ऑन टॉप ऑफ़ मी. यू बास्टर्ड, हाउ डेयर यू टू डू दिस।'(अर्थात, मैं यह चुनाव और निर्णय करूँगी कि मेरे ऊपर कौन चढ़ेगा, कमीने! तेरी हिम्मत कैसे हुई मुझ पर चढ़ने की।)

उसके बाद तरुणा किम ने कॉमरेड विद्रोही को किक किया और कमरे से बाहर निकल गयी। दूसरे दिन उसने कॉमरेड विद्रोही के ख़िलाफ़ शिकायत दर्ज कर दी और कुछ दिनों के लिए बम्बई निकल गयी। जाते-जाते उसने अपनी सहेलियों से इसका कारण यह बताया कि 'केवल देह पर होता तो मैं सह लेती लेकिन यह बिन बताये मेरी अस्मिता पर हमला था जो बर्दास्त करने लायक नहीं।'

हालाँकि पुरुष कॉमरेड तरुणा किम के लचर तर्क से सहमत न थे। और वैसे भी कैडर कॉमरेडों द्वारा लड़की छेड़ना वे क्रान्ति से कम न समझते थे। तरुणा वैसे भी इस घटना के बाद अब दक्षिण विचार की मानी जा चुकी थी। सो, काफिर थी। उसे छेड़ना कॉमरेडों द्वारा जायज मान लिया गया था और फिर विद्रोही कॉमरेडों के बीच एक बड़े कवि और विचारक के रूप में काफ़ी लोकप्रिय थे। उनके बड़े नेता भी थे। सो, प्रतिष्ठा भी दाँव पर थी।

ज़ाहिर है, इन तथ्यों की रोशनी में आन्दोलन किया ही जा सकता था सो वह शुरू हो गया। रात 11 बजे के आसपास सारे कॉमरेड पार्थसारथी रॉक पर इकट्ठा हुए। कॉमरेड विद्रोही उनका नेतृत्व कर रहे थे।

वे सब आचार्य की प्रतीक्षा कर रहे थे।

आचार्य उनके 'फ्रेंड फिलास्फर और गाइड' थे। पूरा नाम–प्रोफ़ेसर अच्युतानन्दन सांकृत्यायन। हिन्दी विभाग के ऐसे अध्यक्ष कि कुलपति भी जिनसे डरता था।

आचार्य जेएनयू तक कैसे पहुँचे यह आज भी रहस्य है। एक कथा यह है कि बीएचयू से पीएच.डी. के बाद वे वहीं के किसी कॉलेज में लेक्चरर हो गये थे। कहते हैं कि वहीं काम करने वाली किसी खटकिन से वे फँस गये और बाद में उसे लेकर कहीं भाग गये। फिर कुछ वर्षों बाद उन्हें जेएनयू में शिक्षक के रूप में देखा गया। हालाँकि उस खटकिन का फिर कहीं कोई पता नहीं चला।

एक कथा यह भी है कि पीएच.डी. के बाद वे नक्सलबाड़ी में सक्रिय हो गये। सोनभद्र के आसपास के क्षेत्रों में उनका आतंक था। वे गैंग लेकर चलते थे और प्राय: गाँव के उच्च जातियों के घरों पर हमला कर उसे लूट लेते थे। अकादमिक जगत में वे सक्रिय क्रान्तिकारी के रूप में जाने जाते थे, जबकि बनारस के लोगों का कहना है कि उन लूटों से उन्होंने अकूत धन बनाया और बनारस में कई हवेलियाँ खड़ी कीं। अपनी इसी नक्सल पृष्ठभूमि के कारण, बाद में जेएनयू के बनने के कुछ वर्षों बाद आचार्य वहाँ हिन्दी विभाग में सेलेक्ट नहीं, बल्कि सीधे नियुक्त हुए।

जेएनयू आते ही आचार्य ने जो सबसे पहला कार्य किया वह था–सिलेबस। वे उसे बदलने में जुट गये। रचनात्मक साहित्य को वे दो कौड़ी का समझते थे। अत: सबसे पहले उन कविताओं, कहानियों आदि पर गाज गिरी जो क्रान्ति विरोधी थे। उन्हें हटा दिया गया और केवल उन्हें स्थान दिया गया, जिनमें क्रान्ति के समर्थन में नारे थे।

आलोचना का पाठ्यक्रम भी आमूल-चूल बदला गया। भारतीय आलोचना को वे वायवीय बताते थे। अत: उसे निकाल फेंका गया और उसके स्थान पर पश्चिमी और विशेष रूप से रूसी मार्क्सवादी आलोचना को जगह दी गयी। आचार्य स्वयं को साहित्यिक नहीं वरन समाजशास्त्री मानते थे। सो साहित्य के पाठ्यक्रम को समाजशास्त्र एवं इतिहास में बदल दिया गया।

कुल मिलाकर आचार्य की दृढ़ मान्यता थी कि साहित्य को प्रासंगिक बनाने के लिए उसे रस से मुक्त करना पड़ेगा। संस्कृत के फूहड़ काव्यशास्त्र को फेंकना पड़ेगा। कहते हैं कि जेएनयू के किसी स्कालर ने ही उनके इस पाठ्यक्रम पर कभी यह टिप्पणी की थी कि उससे गुज़रते हुए कहीं भी यह नहीं लगता कि यह भारत की राष्ट्रभाषा के साहित्य का सिलेबस है।

खैर, उस बैठक में मफलर से मुँह ढके आचार्य तकरीबन आधा घण्टे देर से आये। सभी को उन्होंने लाल सलाम कहा और पत्थरों पर बैठ गये।

थोड़ी ही देर में आचार्य ने रणनीति तैयार कर दी। सेल्फ इम्मोलेशन (आत्मदाह) की प्लानिंग बनायी गयीं। यह तय हुआ कि वीसी आफ़िस के बाहर कुलपति को घेरा जायेगा। कॉमरेड विद्रोही के बायें हाथ में माचिस का डिब्बा होगा। उनके ऊपर मिट्टी का तेल डाला जायेगा। कॉमरेड विद्रोही यह प्रयास करेंगे कि माचिस के भीतर की तीलियाँ उससे भीग जायें, ताकि बाद में जलाने पर भी न जलें। वे कुलपति के सामने तीली जलाने का प्रयास करेंगे। बाक़ी कॉमरेड नारे लगायेंगे। कुल मिलाकर माहौल ऐसा बनाया जायेगा कि यदि वीसी ने माँगें न मानीं तो आत्मदाह होके रहेगा।

अगली सुबह प्रशासनिक भवन के सामने मजमा जुट चुका था। कॉमरेड इकट्ठा हो चुके थे। तख़्तियाँ और बैनर लहराये जा रहे थे। वीसी साहब आ चुके थे। उन्हें अन्दर जाने नहीं दिया जा रहा था। योजनानुसार कॉमरेड विद्रोही के ऊपर मिट्टी का तेल डाल दिया गया। माचिस की डिब्बी पूरी तरह जब भीग गयी तो कॉमरेड विद्रोही ने तीलियाँ रगड़नी शुरू की। तीलिया नहीं जल रही थीं। नारे उफान पर थे। वीसी मुर्दाबाद, विश्वविद्यालय प्रशासन मुर्दाबाद का शोर बढ़ता जा रहा था। कॉमरेड विद्रोही डिब्बी से तीलियाँ निकाल निकाल कर रगड़ रहे थे। पर उन्हें नहीं जलना था तो नहीं ही जलीं। आचार्य को अपनी रणनीति सफल होती दिख रही थी।

पर तभी विघ्न का क्षण उपस्थिति हुआ। सफ़ेद जालीदार टोपी पहने एक नया नवेला कॉमरेड इस घटना से परे कॉमरेड निवेदिता को आपादमस्तक देख रहा था। वह इस घेराव के ख़त्म होने का इन्तजार कर रहा था ताकि उसके बाद वह कॉमरेड निवेदिता के सामने प्रेम रूपी क्रान्ति का प्रस्ताव रख सके। इसलिए उसे यह सब शायद पसन्द नहीं आ रहा था।

उसके ऊपरी जेब में सिगरेट थी और निचली में माचिस। उसने तत्काल तीली रगड़ सिगरेट जलायी और जलती तीली को कॉमरेड विद्रोही के ऊपर उछाल दिया। कॉमरेड विद्रोही धू-धू जल उठे। भीड़ में अफरा-तफरी मच गयी। इस अप्रत्याशित घटना को देख आचार्य का चेहरा धुवाँ हो उठा।

कुछ लोग पानी के लिए दौड़े। बदहवास कॉमरेड विद्रोही भी इधर-उधर भागने लगे। आग की लपटें बढ़ रही थीं। कॉमरेड विद्रोही आग का गोला बने हुए चिल्ला रहे थे। आचार्य ने खिसकने में ही भलाई सोची और चोर दरवाज़े से भीतर घुस वे बाथरूम की तरफ़ बढ़ गये।

ठीक वहाँ-जहाँ नेहरू की आदमकद मूर्ति स्थापित थी, भागते कॉमरेड विद्रोही उसी के तारों में उलझ कर गिर गये। आग ने उन्हें चारों ओर से घेर लिया था। फड़फड़ाने के अलावे उनके पास कोई चारा नहीं था। आग में उनकी देह जल चुकी थी। प्राण निकल चुके थे। आग तारों को क्रॉस कर नेहरू की मूर्ति तक पहुँच गयी थी। कहते हैं देर रात तक वह सुलगती रही। मूर्ति काली पड़ गयी थी।

कॉमरेड विद्रोही की मौत ने कैंपस को सुलगा दिया। कई दिन नारेबाजी होती रही, जूलूस निकलते रहे। समाचारपत्रों ने इसे प्रमुखता से छापा। जाँच बैठायी गयी। फिर बाद में पता नहीं चला कि क्या परिणाम आया? घटना के तेरहवें दिन पार्थसारथी रॉक पर एक शोक सभा आयोजित की गयी। आचार्य इसमें मुख्य वक्ता के तौर पर मौजूद थे। पान घोटकर, गला साफ़ कर उन्होंने सभा को सम्बोधित किया–'लाल सलाम साथियो, कॉमरेड विद्रोही क्रान्ति के हित में संघर्ष करते हुए शहीद हुए हैं। उनकी शहादत बेकार नहीं जायेगी। हम इस मौत का बदला लेकर रहेंगे।'

आचार्य अब तक तैश में आ चुके थे। लाल आँखों से उन्होंने पूरे मजमे का मुआयना किया और फिर दहाड़े–'देखो बच्चों इस देश को कॉमरेड की ज़रूरत है। बाज़ारवाद की आँधी में जिस तरह एक नये वर्ग संघर्ष ने जन्म लिया है, उसके बाद सिवाय क्रान्ति के कुछ और नहीं चाहिए। आज सामाजिक सरोकार जिस तरह हाशिए पर डाल दिये गये हैं और सर्वहारा वर्ग के लिए दो जून की रोटी का सवाल इस क़द्र बड़ा हो गया है कि वे माउत्से तुंग को याद करते हुए जंगल-जमीन की लड़ाई लड़ते हुए बन्दूक़ हाथ में थामने को बेकरार हैं। उसके बाद हमें यह बात समझनी होगी कि आज एक नयी क्रान्ति की ज़रूरत है और इस क्रान्ति के लिए नये कॉमरेड चाहिए। हम शेर हैं और शेरों की तरह हमें लड़ना होगा। और जो भी रास्ते में आये उसे जला दो मिटा दो।'

आचार्य फिर थोड़ी देर रुके। पान को दाहिने गाल से बायें की ओर धकेला और हुंकार भरी–'इस संस्थान में चल रही हमारी यह लड़ाई तो बस एक बानगी भर है। हमारी क्रान्ति का लक्ष्य तो यह देश है जिसे भारत कहते हैं। प्रतिक्रियावादी ताक़तों ने विभिन्न अस्मिताओं का शोषण कर जिस भारत को निर्मित किया है, वह हमारा देश नहीं हो सकता। हम उस भारत को क्रान्ति के माध्यम से जला देंगे, मिटा देंगे। और अगर ज़रूरत हुई तो हम विविध अस्मिताओं के कई देश बनायेंगे जो शोषण मुक्त एवं साम्यवादी होंगे।'

'हो हो होची मिन्ह, वी शैल फाइट वी शैल विन' का नारा चारों ओर गूँज रहा था। कॉमरेड विद्रोही जैसा हैंडसम नवजवान क्रान्ति के नाम पर शहीद हो चुका था।

मेघनाथ चौहान इस घटना पर रो दिये थे। उस रात मेस टेबल पर वे बड़े बेमन से खाना खा रहे थे। अचानक वे खाने की मेज पर ही खड़े हो गये और खचा खच भरी मेस को सम्बोधित करने लगे–'दोस्तो, विद्रोही स्वाभाविक रूप से नहीं मरे, बल्कि यह एक तरह की आत्महत्या है या यह कहना शायद ज़्यादा ठीक होगा कि उन्हें जेएनयू में फैली एक अड़भंगी विचारधारा द्वारा पिछले दो दशकों से एक मीठा, सपनीला, ज़हर देकर धीरे-धीरे मारा गया है। जेएनयू के कुछ अल्ट्रा रोमांटिक अतिवादियों के लिए वे दरअसल एक अजूबे हथियार से ज़्यादा कुछ नहीं थे। वे उनका फूहड़ तरीक़े से मजा लेते थे, उन्हें उकसाते थे, उन्हें क्रान्तिदूत के जीवित पोस्टर आइटम की तरह यूज करते थे और फिर गंगा, गोदावरी ढाबा पर एक पालतू कुत्ते की तरह बैठा उनके आगे डीप टी, मिल्क टी या दो रोटियाँ फेंक देते थे...और कभी-कभी अपनी प्लेट में छोड़ दी गयी शराब से गन्धाती हड्डियाँ भी। विद्रोही, दरअसल उनकी ढाल थे, उनकी आड़ थे, उनकी खुराफातों को ढँकती एक नक़ली, पर ओजस्वी कविता थे...और यह कविता बनना विद्रोही ने स्वीकार भी कर लिया था पर यह उनका चुनाव नहीं, मजबूरी थी। उनके हाथ में सिर्फ़ लाल सलाम भर बचा रह गया था और वे अपने गाँव, परिवार और करियर सब से उखड़ चुके थे।'

इतना कह वे चुप हुए, अपनी ओर आते कुछ कॉमरेडों को देखा और फिर कहते रहे–'जेएनयू उनका पहला और अन्तिम प्यार था...पर जैसा कि जेएनयू में ही कहावत है कि–'वे जिन्हें प्यार करते हैं, उन्हें मार देते हैं'..और बेशक, उन्होंने विचारधारा का उल्टा जाप करा के, विद्रोही जैसे एक सच्चे कॉमरेड को, एक त्रासद मृत्यु की तरफ़ धकेल दिया...और अब जबकि वे नहीं रहे, तो ये, जिन्होंने जीते जी उन्हें दुरदुराया, उनकी बेबस कविताओं का सहारा लेकर अपनी दुकान चलायेंगे। वे ईश्वर को नहीं मानते। फिर भी मैं यह कहूँगा कि ईश्वर उन्हें माफ़ करे कि वे नहीं जानते कि उन्होंने क्या किया और वे क्या कर रहे हैं...'

इसके बाद मेघनाथ चौहान नहीं बोल पाये क्योंकि उन्हें पकड़ा जा चुका था...

आचार्य की क्लास

जेएनयू में क्लास पद्धति प्रायः एकरस थी। पढ़ने-पढ़ाने की एक चली आती परिपाटी थी, जिससे विचलन नहीं किया जाता था। वहाँ प्रायः वही अध्यापक होते थे, जो पूर्व में जेएनयू से ही वही ज्ञान पद्धति ग्रहण किये होते थे।

कार्ल मार्क्स की किताबें वहाँ आस्था की तरह थीं। दुनिया की हर बात का वहाँ जवाब था, हल था। भौतिकवाद के अलावा कोई दर्शन स्वीकार न था। द्वन्द्वात्मक विकास के अलावा कोई सिद्धान्त न था। मार्क्स की परम्परा के लेनिन ग्राम्शी आदि विचारक ईश्वर की तरह पूजे जाते थे और पढ़ाये जाते थे। कहते हैं कि मार्क्स ने यूरोप विशेष के आधार पर अपने सिद्धान्त गढ़े और बदलाव हेतु एक क्रान्ति का स्वप्न दिया। पर जेएनयू के कॉमरेड अध्यापक उसे सार्वजनिक मानते थे और भारत को समझने हेतु भी उसकी उपयोगिता सिद्ध करते थे।

ऐसे में ज़ाहिर है कि इतिहास से भी प्राचीन और परम्परा से भी पूर्व का भारत उन्हें अजगुत अजगुत-सा लगता था। सो, जहाँ तक उनकी तथाकथित वैज्ञानिक चेतना जाती थी, वहीं तक के भारत को वे मानते और पढ़ते-पढ़ाते थे। परिणामतः, इस्लाम के आक्रमण के पूर्व का भारत उन्हें कल्पना लगता था। वे उसे अयथार्थ कहते थे। वह भारत केवल कवियों की मनगढन्त था। हालाँकि जब कभी जाति-पाँति या वर्ण आदि के सवाल आते थे तो वे इसी प्राचीन भारत में घुस जाते थे और उसकी लानत मलानत करते थे। उनके इस भोलेपन पर अक्सर मेघनाथ चौहान हँसते थे और कहते थे कि 'यही है इन ससुरों का द्वन्द्वात्मक भौतिकवाद यानी सुविधानुसार अपने हिसाब से तर्क को निकाल लेना और बाक़ी को कल्पना और मिथक बता देना।'

साहित्य में तो स्थिति और खराब थी। चन्दबरदाई आदि पुराने कवि जाली माने जाते थे। तुलसीदास, जिन्हें जन जन सम्मान देता है, वह कॉमरेडों के लिए प्रतिक्रियावादी कवि थे। वे स्त्री विरोधी, दलित विरोधी और सामन्तवादी कवि माने

जाते थे, जबकि कबीर प्रगतिशील थे। प्रगतिशीलता का भी उनका अपना शास्त्र था। दरअसल, जो परम्परागत भारतीय मूल्यों के ख़िलाफ़ था। वही उनके लिए प्रगतिशील था। रस आदि सिद्धान्त पतनशील माने गये थे। अध्यात्म को साहित्य से बाहर की चीज़ मान लिया गया था। कला को तिरष्कृत कर दिया गया था। साहित्य इन कॉमरेडों की दृष्टि में वही श्रेष्ठ था जो क्रान्ति का नारा गढ़े। साम्यवाद की बात करें तो साहित्य उनके लिए दरअसल पार्टी के पंफ्लेट से अधिक कुछ न था।

हालाँकि आचार्य तो इससे भी अधिक क्रान्तिकारी थे। वे प्रायः क्लास पद्धति पर यकीन ही नहीं करते थे। उनका मानना था कि यह एक ब्राह्मणवादी व्यवस्था है। एक व्यक्ति द्वारा दिया जाता व्याख्यान अलोकतान्त्रिक, बुर्जुवावादी एवं सामन्ती है। वे कहते थे कि क्लास पढ़ने और पढ़ाने वाले तानाशाह निकलते हैं। अतः इस पद्धति को जितना जल्दी हो सके बदल देना चाहिए और किसी बेहतर विकल्प की खोज करनी चाहिए।

किन्तु प्रचलित्त परम्परा थी विश्वविद्यालय की, अतः कभी-कभी क्लास में उनके भी दर्शन हो जाते थे। ऐसी ही एक ऐतिहासिक क्लास एक दिन घटित हुई, जिस दिन से आचार्य ने मुझे अपनी रेंज में ले लिया।

वे उस रोंज बेहद बेतकल्लुफ़ अन्दाज़ में बोल रहे थे–'हमारी किताबों में पहले से ही लिखा हुआ है कि किसान प्रतिक्रियावादी शक्ति हैं। उनके पास निजी संपत्ति होती है। सो वे कभी क्रान्ति नहीं कर सकते। वे जमीन से जुड़े नहीं, बल्कि बँधे होते हैं। उनमें मोबिलिटी नहीं होती। इससे उनकी विचारधारा भी जड़ होती जाती है। आदमी जब तक अपनी जमीन से उखड़ न जाये, दूसरे शहरों में जाकर तरह-तरह की ठोकरें न खाए, वह पूँजीवाद की हकीकत को समझ नहीं सकता। फिर किसान उत्पादन के साधनों से पूरी तरह वंचित भी नहीं होते। वे अपना श्रम नहीं बेचते, बल्कि प्रकृति में उसका निवेश करते हैं। इससे जो फसल पैदा होती है, उसके बल पर वे काफ़ी हद तक आत्मनिर्भर भी हो जाते हैं। इसलिए सभ्यता जब आगे बढ़ती है और परिवर्तन होने लगता है, तो वे घबराने लगते हैं। किसानों की सुनी गयी होती, तो दुनिया में आज कल-कारख़ाने कहीं नज़र ही नहीं आते।'

बात में दम था। लेकिन मेरी जिज्ञासा बढ़ने लगी। और मैंने पूछ ही लिया–लेकिन आचार्य सत्ता में आने के बाद आप लोगों ने तो किसानों को ही मज़बूत किया। बँटाईदारों के लिए नयी व्यवस्था की। इससे भी खेती को ही फायदा पहुँचा।

वे मुस्कराये, जैसे कोई विद्वान किसी मूर्ख की बात पर मुस्कराता है। फिर शुरू हुए–माई डियर ठाकुर साहब, आप किस दुनिया में रहते हैं! सत्ता में आने के बाद हम कम्युनिस्ट किसी को भी मज़बूत नहीं करते, सिर्फ़ अपने आपको मज़बूत करते हैं। अपने को मज़बूत करने के लिए ही हमने किसानों को मज़बूत किया। पश्चिम बंगाल में औद्योगिक सर्वहारा की संख्या कम है। सो, हम किसानों के बल पर ही अपनी सत्ता को बनाये रख सकते थे। फिर सत्ता में आते ही हम पूँजीपतियों के साथ सहयोग करने लगते तो क्या बदनाम नहीं हो जाते? राजनीति में तो आप जानते हैं, बद अच्छा, बदनाम बुरा।

मेरी जिज्ञासा शान्त होने की बजाय और बढ़ी–'तो फिर अब आप किसानों को बेदख़ल क्यों कर रहे हैं?' इस बार वे मुस्कराये नहीं, झुँझलाये–'यही तो तुम बुर्ज्वा सोच वालों की कमज़ोरी है। तुम हमेशा नकारात्मक ढंग से सोचते हो। इतिहास को आगे ले जाने के बजाय पीछे की ओर धकेलना चाहते हो। हम किसानों को बेदखल नहीं कर रहे हैं, औद्योगिक संस्कृति को बढ़ाने का ऐतिहासिक काम कर रहे हैं। कायदे से यह काम कैपिटलिस्ट क्लास का है। सामन्तवाद से संघर्ष की ज़िम्मेदारी उसी की है। लेकिन भारत के कैपिटलिस्टों में दम नहीं है। वे तो विदेशी पूँजी के बल पर फलने-फूलने की सोच रहे हैं। ऐसा कहीं होता है? इतिहास का यह नियम क्या वे भूल गये कि बड़ी मछली छोटी मछली को खा जाती है? इसीलिए हमने तय किया कि देशी पूँजीवाद को हम बढ़ावा देंगे। हम टाटा घराने के शुक्रगुजार हैं कि उन्होंने हमारे अनुरोध की रक्षा कर ली। नहीं तो हम कहीं के नहीं रहते। हम रूटीन कम्युनिस्टों की तरह काम करते, तो अन्त में हमें रवीन्द्र संगीत की धुन पर यही गाना पड़ता कि उनसे आया न गया, हमसे बुलाया न गया।'

हर उत्तर एक नये प्रश्न को आमन्त्रित करता है। इसलिए मैंने पूछा–'लेकिन इससे आप लोगों के राजनीतिक आधार को नुकसान नहीं पहुँचेगा? उनकी मुस्कराहट वापस आ गयी–'तुम कभी नहीं सुधरोगे। सचाई यह है कि इससे हमारा राजनीतिक आधार और बढ़ेगा। तुम तो जानते ही हो कि वाम मोर्चा के लम्बे शासन में पश्चिम बंगाल में सर्वहारा वर्ग की संख्या घट गयी थी। उद्योग-धन्धे बन्द हो रहे थे या अन्य राज्यों की ओर भाग रहे थे। ऐसी स्थिति में हम 'सर्वहारा की तानाशाही' की ओर कैसे बढ़ सकते थे? क्रान्ति कभी अचानक नहीं की जाती। उसकी ओर एक-एक क़दम आगे बढ़ाना पड़ता है। कभी-कभी 'एक क़दम आगे, एक क़दम पीछे' की नीति भी अपनानी पड़ती है। जब किसानों में अपनी पैठ हमने मज़बूत कर ली,

तो हम मजदूरों की संख्या बढ़ाने पर विचार करने लगे। बिना सर्वहारा के, औद्योगिक मजदूरों के कम्युनिस्ट अकेले क्या कर सकते हैं? दीवार से सिर टकराने से तो विप्लव होगा नहीं। जो इस बात को नहीं समझते, वे ही सिंगुर और नन्दीग्राम की आलोचना कर रहे हैं। हमें उनकी रत्ती भर भी परवाह नहीं है। सच्चा कम्युनिस्ट वही होता है, जो आलोचना की परवाह नहीं करता।'

मैंने उन्हें याद दिलाने की कोशिश की–'लेकिन आप लोग तो नन्दीग्राम में विदेशी पूँजी को जगह दे रहे हो?'

अब उन के झुँझलाने की बारी थी–'देखो, पूँजी पूँजी होती है। वह न देशी होती है, न विदेशी होती है। इस बात को मार्क्स ने ही सबसे पहले समझा था। भूमंडलीकरण का कॉन्सेप्ट तो अब आया है। सबसे पहले कम्युनिस्टों ने ही अन्तरराष्ट्रीयकरण की बात की थी। जैसे पूँजी का कोई देश नहीं होता, वैसे ही सर्वहारा का भी कोई देश नहीं होता। दोनों स्वभाव से ही अन्तरराष्ट्रीय होते हैं। जब अन्तरराष्ट्रीय पूँजी हमारे यहाँ आयेगी, तो हमारे सर्वहारा का भी अन्तरराष्ट्रीयकरण होगा। इसीलिए हमने सलेम ग्रुप को आमन्त्रित किया है। शुक्र है कि उन्होंने भी हमारी इज्जत रख ली।'

मैंने जानना चाहा–'लेकिन केन्द्र में तो आप विदेशी पूँजी का विरोध करते हो?'

वे फिर झुँझलाये–'पश्चिम बंगाल हमारा है। हम वहाँ चाहे जो करें। लेकिन उसके बाहर तो हमें कम्युनिस्ट होने की भूमिका निभानी ही पड़ेगी। हम यह कैसे गवारा कर सकते हैं कि हमारी राष्ट्रीय प्रभुसत्ता पर आँच आये?'

अब मेरे मुस्कराने की बारी थी–'तो पश्चिम बंगाल में विदेशी पूँजी आने से हमारी प्रभुसत्ता को आँच नहीं आती?

वे लाल हो उठे। चबा चबा कर बोले–'उल्टा मत सोचो। हम नहीं चाहते कि पश्चिम बंगाल प्रगति की दौड़ में पीछे रह जाये। हम यहाँ मज़बूत होंगे, तभी इस नव-उपनिवेशवाद से लड़ सकते हैं। सभी को उस पूँजीवाद का स्वागत करना चाहिए जो साम्यवादी सत्ताओं को मज़बूत करे।'

मैंने कहना चाहा, जैसे चीन में? लेकिन तब तक आचार्य धुआँ हो उठे थे। तिर्यक नज़रों से घूरने लगे थे। अवाक् क्लास कभी मुझे तो कभी उन्हें देखने लगी थी। इतना बोलने की हिम्मत आचार्य के सामने किसी की न थी। मैं यह ग़लती कर चुका था।

क्लास से बाहर निकला तो सामने मेघनाथ चौहान खड़े मिले। मैंने क्लास में हुई घटना की उनसे चर्चा की। सुनकर उन्होंने एक ज़ोरदार ठहाका लगाया। बोले–

'यही तो इनकी द्वन्द्वात्मक पद्धति है गुरु। ये ससुरे एक सत्य से दूसरे सत्य तक नहीं पहुँचते, बल्कि लेनिन से शुरू कर माओ तक पहुँचते हैं।'

इसे और स्पष्ट करते हुए उन्होंने एक कहानी सुनायी। क़िस्सा यह था कि बारहवीं सदी में शहाबुद्दीन गोरी बार-बार आक्रमण करता और सम्राट पृथ्वीराज चौहान उसे बन्दी बना लेते। लेकिन कुरान की क़सम खा कर शहाब छूट निकलता। आख़िर एक बार जब वह फिर पकड़ा गया तो सारे दरबारी एक स्वर में बोले कि इसे मार दिया जाये। पृथ्वीराज स्वयं तलवार लेकर आगे बढ़े। उन्होंने अन्तिम बार पूछा उससे–'कुरान की झूठी क़समें क्यों खाते हो? बन्दी बन कर जलील क्यों होते हो?'

शहाब ठहाके लगा कर हँसते हुए बोला–'काफिर से झूठी क़समें खाने को मेरा ख़ुदा कहता है। मैं अपने इस धर्म से नहीं डिग रहा तो तुम क्षमा भाव के अपने धर्म से क्यों डिग रहे?'

कहते हैं कि इसी बात पर पृथ्वीराज ने शहाब को फिर छोड़ दिया। लेकिन यह उन्हें महँगा पड़ा। अगले आक्रमण में उसने दिल्ली जीत ली।

तो डियर, क़िस्से का निहितार्थ यह कि कॉमरेडों की तर्क पद्धति एकदम शहाब वाली ही है। अपने को सही सिद्ध करने के लिए वे थेथरई की हद तक उतर सकते हैं। झूठी क़समें खा सकते हैं। ग़लत आँकड़े दे सकते हैं। अपनी ग़लती को ऐतिहासिक ज़रूरत और दूसरे की ग़लती को महापाप ठहरा सकते हैं।

इतना कह वे चुप हो गये। बग़ल से घुघराले बालों वाला एक कॉमरेड उन्हें छूता हुआ निकलने की कोशिश कर रहा था। वे भड़के–'धत साला, दूर से, छू मत, कितने दिन हुए नहाये, जा ब्रुश कर आ,...।'

वह उन्हें शिट कहता हुआ निकल गया।

हँसते हुए हम दोनों कैंटीन में घुस गये।

बन्दूक़ की नली में विश्वविद्यालय

उस दिन आचार्य काफ़ी ख़ुशमिज़ाज थे। समय से क्लास में आ गये। अपनी पूरी काया को उन्होंने कुर्सी पर उतार दिया और पान घुलाते हम सब की ओर देवराज इन्द्र की तरह देख रहे थे।

अचानक उनके मुख से सुमधुर वाणी गूँजी–'आज कुछ रूमानी हो जाये।'

हम सब उजबक की तरह उनकी ओर ताक़ते रहे। किसी को भावार्थ समझ न आया।

'मेरे कहने का मतलब यह था कि आज नियत पाठ पढ़ने से इतर कुछ सांस्कृतिक-सा हो। कविता, कहानी या गीत संगीत कुछ भी। आप सब फ़्री हैं। अपनी अपनी योग्यतानुसार सुनाइए। किसी और की भी सुना सकते हैं।'

तो सुनने सुनाने का दौर शुरू हुआ। कॉमरेड वैभव चे ने शमशेर की कविता सुनाई–

वाम वाम वाम दिशा,
समय : साम्यवादी
पृष्ठभूमि का विरोध अन्धकार-लीन। व्यक्ति–
कुहास्पष्ट हृदय-भार, आज हीन।
हीनभाव, हीनभाव
मध्यवर्ग का समाज, दीन।
किन्तु उधर
पथ-प्रदर्शिका मशाल
कमकर की मुट्ठी में–किन्तु उधर :
आगे-आगे जलती चलती है

लाल-लाल
वज्र-कठिन कमकर की मुट्ठी में
पथ-प्रदर्शिका मशाल।
भारत का
भूत-वर्तमान औ' भविष्य का वितान लिये
काल-मान-विज्ञ मार्क्स-मान में तुला हुआ
वाम वाम वाम दिशा,
समय : साम्यवादी।

कॉमरेड वैभव भी अजीब से व्यक्ति थे। उनका पूरा नाम वैभव सिंह था। उत्तर प्रदेश के खाँटी ठाकुर थे। लेकिन यहाँ आकर क्रान्ति की जब उन्हें हवा लगी तो सबसे पहले उन्होंने नाम से सिंह उड़ाया और उसकी जगह 'चे' रखा।

अर्नेस्तो 'चे' गेवारा, दरअसल अर्जेंटीना के मार्क्सवादी क्रान्तिकारी थे, जिन्होंने क्यूबा की क्रान्ति में मुख्य भूमिका निभायी। इन्हें एल चे या सिर्फ़ चे भी बुलाया जाता है। ये डॉक्टर, लेखक, गुरिल्ला नेता, सामरिक सिद्धान्तकार और कूटनीतिज्ञ भी थे, जिन्होंने दक्षिणी अमेरिका के कई राष्ट्रों में क्रान्ति लाकर उन्हें स्वतन्त्र बनाने का प्रयास किया। इनकी मृत्यु के बाद से इनका चेहरा सारे संसार में सांस्कृतिक विरोध एवं वामपन्थी गतिविधियों का प्रतीक बन गया है।

कहते हैं कि क्यूबा में वर्ष 1959 की क्रान्ति के बाद फिदेल कास्त्रो के नेतृत्व में कम्युनिस्ट सरकार बनी। फिदेल ने चे ग्वेरा को जेल मन्त्री बनाया। इस दौरान चे ग्वेरा का एक नया चेहरा देखने को मिला। उन्होंने कास्त्रो के मिशन के दौरान पकड़े गये सैकड़ों आरोपियों को बिना केस चलाये ही फाँसी पर लटकवा दिया। इस क़दम को लेकर उनकी आलोचना भी हुई थी।

यही चे ग्वेरा कॉमरेड वैभव के आदर्श थे। हिन्दी की आन्दोलनधर्मी अधिकांश कविताएँ कॉमरेड वैभव को कण्ठस्थ थीं। वे प्राय: ढपली बजाते हुए भी कविता पाठ करते थे। उन्हें रूस से बेहद लगाव था। वे वहाँ बरसात की ख़बर सुनते तो यहाँ भारत के इस कैंपस में रहते हुए भी अपनी जींस ऊपर मोड़ लेते। उन्हें ग़ुस्सा बहुत तेज आता। ग़ुस्से में वे एक ही बात कहते–'छह इंच छोटा कर देंगे।' वे चेन स्मोकर थे। सिगरेट-से-सिगरेट जलाकर पीते थे। कहते हैं कि सोते समय भी उनके होंठों पर सिगरेट लगी रहती। सुबह उठते ही वे उसे जलाते, उसके बाद ही धरती पर पाँव

धरते। हम क्लासमेट जब उनसे कम पीने को कहते तो वे शायरी में कहते–'दिल तो जलाती है पर होंठों पर तो आती है।'

कॉमरेड वैभव कॉमरेडशिप के खाँटी किताबी आइटम थे। उनके लिए हर सवाल का जवाब मैनिफेस्टो में था। जो नहीं था वो भी उसकी बिटवीन द लाइंस में था। बाद के दिनों में वे विचारधारा में इस तरह धँसे कि उनके लिए बाहर की दुनिया जेएनयू का भाष्य भर रह गयी। जबकि इस बीच भूमंडलीकरण ने दुनिया को आमूल बदल दिया था। कुर्ता, जींस का पैंट और हवाई चप्पल उनकी धज थी और इस रूप में वे बाथरूम से लेकर क्लासरूम तक उपस्थित रहते। कहते हैं इसी ड्रेस में एक बार वे एक बड़े विश्वविद्यालय में साक्षात्कार देने पहुँच गये। कुलपति ने टोका कि कम-से-कम चप्पल तो छोड़ आये होते। कॉमरेड वैभव ने शान्ति से जवाब दिया–'घबरायें मत कॉमरेड, साक्षात्कार और हमारे आपके बीच चप्पलें न आयेंगी।'

कैंपस में छात्राओं के बीच कॉमरेड वैभव ने उल्लेखनीय कार्य किये। वे अक्सर उनके समूह में घुस जाते और पंफ्लेट बाँट आते। वे लड़कियों के बीच देह की प्रगतिशीलता पर भाषण देते और कहते कि स्त्री को यदि पितृसत्ता से मुक्त होना है तो उसे देह के दुर्ग से बाहर निकलना होगा। एक बार टेफ्लाज कैंटीन में एक दक्षिणपन्थी छात्रा से उनकी गहरी बहस हुई। वह उन पर, उनकी विचारधारा पर, स्त्री को वेश्या बनाने का आरोप लगा रही थी। वह कह रही थी की ऐसा कोई कार्य नहीं जो स्त्री न कर सके।

और अचानक वहाँ वह हुआ जो अपेक्षित सा न था। कॉमरेड वैभव उठ खड़े हुए। झटके से उन्होंने अपना कुर्ता उतार फेंका और नंगी देह को दिखाते उस छात्रा को चुनौती देने लगे कि 'क्या वह भी ऐसा कर के दिखा सकती है?' ज़ाहिर है छात्रा चप्पल पटकते हुए बाहर चली गयी। अपनी इस जीत की ख़ुशी में कॉमरेड वैभव ने सिगरेट जलाई और चारों तरफ़ गर्व से देखा।

'सशस्त्र संघर्ष'–कॉमरेड वैभव का स्वप्न था, फैंटेसी थी, आदर्श था। लेकिन अफ़सोस कि भारत में वह कहीं चल नहीं रहा था। इसी बीच उन्हें पता चला कि छत्तीसगढ़ राज्य में यह थोड़ा बहुत चल रहा। सो, एक दिन वे कैंपस से ग़ायब हो गये और पार्टी में पता पूछते पूछते छत्तीसगढ़ के नक्सलियों तक पहुँच गये। उनके नेता ने उन्हें कॉमरेड और जेएनयू का स्टूडेंट जानकर आवभगत की। थोड़ी बहुत ट्रेनिंग देने के बाद कॉमरेड वैभव को डेमो दिखाने हेतु

एक रात पुलिस पार्टी पर अटैक करने के लिए सारे नक्सल तैयार हुए। कॉमरेड वैभव भी साथ हो गये। उन्हें एके–47 पकड़ायी गयी। ग्रिनेड उनकी जेब में रख दिये गये।

महिला मोर्चे के दाहिनी ओर उनकी तैनाती की गयी। कहते हैं कि उस रात जब गोलियाँ कॉमरेड वैभव के कानों के अग़ल-बगल से गुज़रने लगीं तब वे आँख बन्द कर रोने लगे। उनकी पैंट गीली हो गयी। उन्हें उल्टियाँ होने लगीं। आनन-फानन में उन्हें महिला दल द्वारा कैम्प पहुँचाया गया, जहाँ वह कई दिन तक कांपते रहे। अन्ततः कुछ दिनों बाद वे जेएनयू लौट आये।

वे निराश तो नहीं हुए थे पर बाद में प्रायः यही कहते रहे कि 'सशस्त्र क्रान्ति हेतु अभी भारत मानसिक रूप से तैयार नहीं है।'

खैर, उस दिन उनकी कविता सुन आचार्य भाव विभोर हो उठे। कॉमरेड वैभव को पास बुलाया और उसकी पीठ ठोकी। मुझे सुनाते बोले कि क्लास को वैभव की वैचारिक प्रतिबद्धता से कुछ सीखना चाहिए।

कॉमरेड वैभव ने जो कविता सुनाई, वह दरअसल इस समय की कविता का मूल टोन था। आचार्य जैसे साहित्य के नेता ऐसी ही कविताओं को प्रमोट करते थे। वे मानते थे कि कविता को विचारधारा की क्रान्ति की चेरी होनी चाहिए। ऐसी कविताओं की एक अन्य पहचान यह भी थी कि भारत की पुरानी परम्पराओं, संस्कृति, ईश्वर आदि की वे ख़िलाफ़त भी करें। इसी समय के एक कवि ने अपने काव्य संग्रह में एक पंक्ति लिखी–'हे, अरे, अबे, ओ भगवान्'–तो इसे उस समय का मूल स्वर माना गया। इसी पंक्ति की आधार पर उस कवि को सबसे बड़े, साहित्य अकादमी सम्मान से नवाजा गया। ज़ाहिर है कि यह एक फैशन बन चुका था कविता के क्षेत्र में। आप जितना ब्राह्मणवाद, सामन्तवाद, देवी, देवता, ईश्वर आदि के ख़िलाफ़ लिखें, उतने ही बड़े कवि समझे जायेंगे।

ख़ैर, कविता सुनाने का अगला नम्बर मेरा था। इधर, कुछ दिनों से मैं जेएनयू की इस शिक्षण पद्धति से खिन्न था। राजा पृथ्वीराज ने कभी जिस अंचल में खेला कूदा हो, उसी अंचल में बने इस विश्वविद्यालय का लाल रंग खटकने लगा था। कहाँ तो शिक्षा की आश्रम पद्धति और कहाँ यह पश्चिमी रंग। मन बगावत पर उतारू था। इसी झोंक में उन दिनों एक कविता 'जेएनयू का शोक' शीर्षक से रची थी मैंने। जिसका पाठ बुलन्द आवाज़ में करने लगा–

उसकी कत्थई ईंटों की मिट्टी
कहते हैं कि गुरुग्राम से आयी थी
जहाँ गुरु द्रोण का आश्रम था

आँचल में अरावली की झाड़ियाँ
जहाँ राय पिथौरा ने
शब्दबेधी धनुर्विद्या सीखी थी

जब जेएनयू बन रहा था
तो कहते हैं कि
तक्षकों का एक महाभारतकालीन कुनबा
पुस्तकालय के नीचे
ख़ुशी-ख़ुशी दफ़न हो गया
ताकि नौनिहालों की आँखें रोशन हों

पर भारत की संसद ने
इसे इतिहास से काट दिया
नालन्दा, तक्षशिला को तर्क कर
एक ऐसे व्यक्ति से इसका नाम जोड़ा
जो सिर्फ़ प्रधानमन्त्री का बाप था

किसी फ़क़ीर ने कभी कहा था
कि पुराण और इतिहास के
इसी फाँक से घुसकर
जेएनयू में कॉमरेड आये

इन कॉमरेडों के दिमाग़ में एक किताब थी
जिसे वे मैनिफेस्टो जैसा कुछ कहते थे
जिसमें कुछ अटपटी बातें थीं
जैसे कि एक तरह का धर्म अफ़ीम है

जबकि दूसरी तरह की धर्म सिगरेट है
जिसे सुविधानुसार जब कभी
सुलगाया जा सकता है।
उस किताब के ज्ञान का सारांश
कुल बस इतना था
कि दुनिया में सब कुछ
मात्र छह इंच का होना चाहिए
और ऐसी दुनिया बनाने के लिए
सत्ता पर क़ब्ज़ा चाहिए
और सत्ता बन्दूक़ की नली से निकलती है

और इसी कारण दुनिया की
तमाम किताबों में
वे सारे के सारे कॉमरेड
बस बारूद खोजने लगे
वे जैसे कि डिग्रियाँ नहीं
बल्कि बन्दूक़ लेकर वहाँ से निकलने लगे
और धीरे-धीरे फैलने लगे
वे नमस्कार नहीं करते थे
बल्कि लाल सलाम बोलते थे
क्योंकि ख़ून उनका पेशा था
और ख़ून का रंग लाल था
जबकि सलाम उनकी साज़िशों से बेख़बर था

उन्होंने इस देश के इतिहास को कल्पना कहा
और कल्पना को अवैज्ञानिक बताया

उन्होंने मन्दिर को गप्प कहा
और मस्जिद में आग रख दी
लगाने को संस्कृतियों में

उनकी गंगा जमुनी तहजीब में
न गंगा थी न जमुना
बल्कि सिर्फ़ एक किला था
जिसका रंग लाल था
और जो नर मुंडों पर बना था

और इस तरह उन्होंने
एक बड़े विश्वविद्यालय को
बन्दूक़ की नली में
गोली की तरह भरा
और धाँय से दाग दिया
उसी देश पर जिसकी मिट्टी में वह अटका था

इस तरह एक बेतुकी किताब
और बेमतलब सी क्रान्ति के भ्रम में
वे जेएनयू को नष्ट करते रहे
कर रहे हैं
कत्थई ईंटें पिघल रही हैं
झाड़ियाँ रो रही हैं
पर उनकी अपनी ढपली का शोर
बढ़ता जा रहा है

किसी पैगम्बर ने कहा था कभी
ईश्वर उन्हें माफ़ करे
वे नहीं जानते
कि वे क्या कर रहे हैं...

कविता सुन आचार्य धुआँ हो उठे। गरज कर बोले–'तू त बड़का कवि हो गये हो लल्ला। लेकिन अब का यही अनाप-शनाप लिक्खोगे। कविता की वैचारिक प्रतिबद्धता तो स्थिर करना सीखो श्रीमन।'

बेपरवाह मैंने कहा–‘कविता की कोई बाहरी वैचारिकता नहीं होती। जो कुछ भी है सब उसके भीतर से निकलता है। यदि हम विचारधारा से उसे जोड़ेंगे तो फिर वह फासीवाद तक भी जायेगी।’

इतना सुन आचार्य कड़के–‘चुप रहो। नाम बड़े और दर्शन थोथे।’

फिर आवाज़ संयत कर पूरी क्लास को सुनाते वे बोले–‘कविता वही जो बायें चले। दक्षिण पर चलती हर कविता एक पाप है। हर कविता का ध्येय जुल्म के ख़िलाफ़ एवं मजलूमों के पक्ष में खड़ा होना है। केवल वाम विचार ही हमें यह पाठ पढ़ाता है। अत: हर वास्तविक कविता स्वभावत: वाम विचार के साथ खड़ी होती है। उसके अलावा उसका कोई भविष्य नहीं।’

इतना कह वे चुप हुए और मुझे घूरते रहे। सिर नीचा किये मैं सोचता रहा।

माहौल काफ़ी गम्भीर हो चला था। तभी क्लास की एकमात्र छात्रा ने आचार्य से अनुरोध किया कि वे भी आज काव्य पाठ करें। आचार्य ने तत्क्षण वह अनुरोध ठुकरा दिया। लेकिन छात्रा जिद पर अड़ी रही। आचार्य यह अथवा वह बात कह कर टालते रहे।

अचानक छात्रा के मुँह से निकला–‘आज तो आपको सुनाना ही होगा कुछ सर। मैं आपको छोड़ूँगी नहीं आज।’

उसकी यह बात सुन न जाने आचार्य को क्या हुआ? वे उस छात्रा को थोड़ी देर मर्म से निहारते रहे। फिर कुर्सी से खड़े हुए, पान का घूँट निगला और बेहद घोर गम्भीर वाणी में बोले–‘छोड़ता तो मैं भी नहीं, लेकिन अब जाने दो, उम्र हो गयी है।’

सम्मिलित स्वरों का एक गगन भेदी ठहाका गूँजा क्लास में। आचार्य उस ठहाके को मुट्ठी में दबाये क्लास से निकल चुके थे। मैं सन्न खड़ा आचार्य को गलियारे से जाता देखता रहा। छात्रा उजबक की तरह कभी इस तो कभी उस लड़के के मुस्कराते चेहरे को देख रही थी।

यह और कोई नहीं, बल्कि बिहार की पुष्पा पण्डित थीं जिन्हें आज भी कैंपस कॉमरेड पुसी के नाम से जाना जाता है।

बोल कि लब आज़ाद हैं तेरे

पुष्पा पण्डित यानी कॉमरेड पुसी की दास्तान सोच कर आज भी रूह काँप जाती है। उसका चेहरा आज भी ज़ेहन में बार-बार कौंधता है। वह निर्मल-सी हँसी, पवित्र-सी आत्मा और एक अलग-सा उर्वर मानस। वह उन झाँसों में न फँसती तो आज देश के पास एक उन्नत ब्यूरोक्रेट होता अथवा एक तेजस्वी स्कालर। लेकिन यह सब कुछ न हो सका। सहज विश्वास कर लेने वाली वह आख़िरकार विचारधारा रूपी अफ़ीम के एक महीन धोखे का शिकार हो गयी और फिर वापस न हो सकी।

आज जब यह कह रहा हूँ तो उसके आँसू याद आ रहे। फिर से जीवन शुरू करने की उसकी छटपटाहट स्मृत हो रही है। मुझे पता न था कि यह सब सुनाने के बाद वह एक ऐसे अन्धकार में विलीन हो जायेगी जहाँ से वापसी सम्भव नही।

वह एक बेहद धार्मिक सी लड़की थी। सुबह शाम पूजा-पाठ करती थी। क्लास में हम लोगों को प्रसाद भी देती थी। कैंपस में चूँकि कोई मन्दिर न था सो पुष्पा मंगल-मंगल वसन्त कुंज के हनुमान मन्दिर भी जाती थी। कैंपस में लड़कियाँ बेतरह आधुनिक हो रही थीं, लेकिन पुष्पा के मुँह से अभी भी कोई ग़लती होने पर 'हे शीतला माई' ही निकलता था। यह उसकी कुलदेवी थीं।

क्लास की उस घटना के बाद वह एक दिन आचार्य के चैम्बर गयी। वहाँ श्रद्धावश उसने आचार्य के पाँव छुए। आचार्य ने झटके से पाँव खींचे और रसभरी निगाहों से देखते उससे बोले–'अरे भाई! मैं कोई मन्दिर-वन्दिर नहीं हूँ।'

फिर आचार्य ने उसे सामने कुर्सी पर बैठाया और दृढ़ता से बोले–'पाँव छूना दरअसल एक संघी हिप्पोक्रेसी है। एक ब्राह्मणवादी आचार है। यह मानसिक ग़ुलामी के सिवाय और कुछ नहीं। हमारी सारी लड़ाई इसी प्रवृत्ति के ख़िलाफ़ है डियर। हमारी प्रगतिशीलता में इन सब घिसे-पिटे संस्कारों की कोई जगह नहीं। इसलिए आगे से यह सब नहीं बल्कि सिर्फ़ लाल सलाम कहना कॉमरेड।'

पुष्पा आचार्य के कमरे में चारों तरफ़ रैक पर रखे मार्क्सवादी साहित्य की किताबों को हसरत से देख रही थी। सामने ऊपर दास कैपिटल रखा था, उसके बग़ल में 'मैनिफेस्टो ऑफ़ कम्युनिस्ट पार्टी' रखी थी। अंग्रेज़ी की किताबों का अम्बार था वहाँ जबकि आचार्य हिन्दी के अध्यापक थे।

उसके मुँह से बस इतना निकला–'जी सर।'

इसके बाद पुष्पा अक्सर आचार्य के साथ देखी जाती। स्वयं आचार्य भी उसे इस या उस काम से चैम्बर में बुलावा भेजते। वह प्रायः आचार्य के चैम्बर में ही किताबें पढ़ती या उनसे बात करती दिखती। कैंपस में चर्चा गरम हो चुकी थी।

'क्या करना चाहती हो जीवन में?'–एक दिन आचार्य ने पूछा था उससे।

और बड़ा ही स्पष्ट जवाब था उसका–'सर, पिता किसान हैं। दो बहनें और हैं। बड़ा भाई कुछ नहीं करता। चाहती हूँ आईएएस बनकर देश के साथ-साथ परिवार की भी उन्नति करूँ।'

उसका जवाब सुन आचार्य हो-होकर हँसे थे। फिर गम्भीर होकर उससे कहा–'यही बात अगर मार्क्स सोचे होते, लेनिन सोचे होते, चे और माओ सोचे होते, तो हो चुकी थी क्रान्ति। कब का टूट चुका होता समानता का सपना।'

और अचानक ज़ोर-ज़ोर से वे पाश की कविता सस्वर गाने लगे–

'सबसे ख़तरनाक होता है मुर्दा शान्ति से भर जाना
तड़प का न होना
सब कुछ सहन कर जाना
घर से निकलना काम पर
और काम से लौटकर घर आना
सबसे ख़तरनाक होता है
हमारे सपनों का मर जाना
सबसे ख़तरनाक वह घड़ी होती है
आपकी कलाई पर चलती हुई भी जो
आपकी नज़र में रुकी होती है।'

फिर उसकी आँखों में गहरे देखते वे बोले–'तुम ज़िन्दा हो पुष्पा। मुर्दानगी में मत जीओ। क्रान्ति को समर्पित कर दो ख़ुद को। आईएएस लोग तो लुटेरे हैं इस देश

के। ये वही लुच्चे हैं, जिन्होंने भारत में क्रान्ति को रोक रखा है। तुम उनमें से एक क्यों होना चाहती हो?'

पुष्पा सिर झुकाये न जाने क्या सोच रही थी।

और तभी आचार्य ने चारमिनार सिगरेट का पैकेट अपनी जेब से निकाला। एक सिगरेट निकाली, जलाई और दूसरी सिगरेट निकाल पुष्पा की ओर बढ़ाया।

पुष्पा आश्चर्य से उनकी ओर देखने लगी थी। बोली–'मैं नहीं पीती सर।'

'पियो'–आचार्य ने गम्भीर हो कहा–'लड़के पी सकते हैं तो तुम क्यों नहीं? समानता और क्रान्ति एक लम्बी लड़ाई है, जिसे हर मोर्चे पर लड़नी होगी।'

'सिगरेट से क्रान्ति कैसी सर?'–पुष्पा बुदबुदाई।

बोले आचार्य–'सोचो, इस पर क्योंकि चे, ग्वेरा आदि सब पीते थे सिगरेट। कोई कनेक्शन ज़रूर होगा।'

और वे हो हो कर हँसने लगे।

पुष्पा भी हँसने लगी। अब तक आधी सिगरेट वह पी चुकी थी।

सिगरेट के धुएँ को चीरती आचार्य की आवाज़ फिर गूँजी–'ये पुष्पा नाम भी अजीब कम्युनल-सा लगता है। मनुवाद की बू आती है इससे। कोई प्रोग्रेसिव नाम रखना होगा तुम्हारा। आई थिंक, कॉमरेड पुसी कैसा रहेगा?'

और आचार्य फिर हो हो हँसने लगे। अबूझ-सी पुष्पा उन्हें ताक रही थी।

फिर बात बदलते हुए आचार्य ने कहा–'कल हमारे प्रखर नेता कॉमरेड सूर्यकान्त आ रहे हैं। हम उनका भाषण सुनेंगे और अपने आदिवासी साथियों के विद्रोह को मज़बूत करेंगे।'

पर पुष्पा ने प्रतिवाद करते हुए कहा–"लेकिन ये तो सरासर अन्याय है। कॉमरेड सूर्यकान्त के लड़के तो अमेरिका में पढ़ते हैं, वह एसी कमरे में बिसलेरी पीते हुए जल जंगल ज़मीन पर लेक्चर देते हैं और वे चाहते हैं कि कुछ लोग अपना सब कुछ छोड़कर नक्सली बन जायें और बन्दूक़ के बल पर दिल्ली पर अपना अधिकार कर लें। यह क्या पागलपन है, उनके अपने लड़के क्यों नहीं लड़ते ये लड़ाई, हमें क्यों लड़ा रहे? क्या यही क्रान्ति है?'

आचार्य ने देखा कि विचार अभी जमे नहीं हैं। वे धीर बने रहे। बोले–"तुम पागल हो, तुम्हें यह बिल्कुल समझ नहीं, तुमने न अभी दास कैपिटल पढ़ा है, न कम्युनिस्ट मेनिफेस्टो, न तुम अभी साम्यवाद को ठीक से जानती हो, न पूँजीवाद को। साथ रहो और सीखो। जजमेंटल मत बनो। विचारधारा को करियर से जोड़कर देखो।"

पुष्पा को लगा कि जैसे बात सहसा उसकी समझ में आयी कुछ-कुछ।

आचार्य ने कॉमरेड पुष्पा को पूरी तरह विचारधारा में उतार दिया। पुष्पा हर वक़्त कैंपस में उनके साथ दिखती। सेमिनार में नोट्स लेती। लाइब्रेरी में वह पढ़ती हुई मिलती और सामने मेज़ पर मार्क्सवादी साहित्य की किताबों का पहाड़ रहता। पहले की दबी-दबी पुष्पा अब स्वच्छन्द हो गयी थी। खुलेआम कैंपस में सिगरेट पीती और कॉमरेडों की संगत में रहती, विशेषकर दक्षिणपन्थी लोगों से भिड़ पड़ती। वह आचार्य की कठपुतली-सी बन गयी थी।

हद तो तब हो गयी, जब पुष्पा जैसी भक्तन को आचार्य ने महिषासुर पूजा का दायित्व सौंप दिया। पीताम्बरा और हनुमान जी की भक्त पुष्पा के दिल पर मानो वज्रपात हुआ। पर आचार्य का स्पष्ट आदेश था–'महिषासुर की पूजा पूरे विधि विधान से होगी। समापन में बीफ पार्टी होगी। इस अवसर पर ऐसा करते हुए हम मनुवाद को जड़-मूल से मिटाने का संकल्प लेंगे।'

पुष्पा ने शायद आख़िरी तर्क किया था–'सर, लेकिन जब दुर्गा को ही आप कपोल कल्पना मानते हैं तो आख़िर महिषासुर पूजा क्यों?'

'बस और अधिक तर्क नहीं, जो कहा जाये वह करो।'–आचार्य ने स्पष्ट कहा था उसे।

पुष्पा का तर्क ठीक था पर अब वह शायद ऐसे लूप में फँस गयी थी, जहाँ तर्क बुद्धि का कोई असर नहीं। विद्यार्थियों में उसका असर था, उभरती हुई नेतृत्व थी वह और यह सब आचार्य की कृपा से ही सम्भव था। सो वह धीरे-धीरे हाँ अथवा न के जंगल में जा चुकी थी।

कॉमरेड पुष्पा ने कैंपस में कई तर्कातीत मूवमेंट चलाये। उन्हीं में से एक और चर्चित आन्दोलन था–'कंडोम मूवमेंट'। कैंपस में यह मात्र एक आन्दोलन नहीं बल्कि आँधी-सा था। प्रशासन के साथ-साथ कैंपस की पुरुष सत्ता भी इससे हिल गयी। कैंपस में कॉमरेडों द्वारा 'सेक्स की आज़ादी' का आन्दोलन पहले से ही चला आ रहा था। लेकिन उसका अपेक्षित परिणाम नहीं आ रहा था। अभी भी रूढ़िवाद कायम था। यौन सुचिता से सहमी युवा पीढ़ी किंकर्तव्यविमूढ़ थी।

तब आचार्य ने गहरे शोध के बाद यह पाया कि उसका कारण यह था कि लड़कियों में एक आदिम डर है जो उनके परिजनों द्वारा ही बचपन से डाला जा रहा है। उसका निराकरण यही है कि यह डर उनके मन से ख़त्म हो। इस डर को हटाने में कंडोम की कारगर भूमिका हो सकती है। अतः कंडोम को आन्दोलन के हथियार

के रूप में ढालने का निश्चय किया गया। कॉमरेड पुष्पा को यह ज़िम्मेदारी दी गयी जिसे उसने थोड़ा झिझकते हुए स्वीकार कर लिया।

कैंपस में यह एक ऐतिहासिक क्षण था, जब हज़ारों लड़कियाँ कॉमरेड पुष्पा के नेतृत्व में कंडोम की माँग करते हुए सड़कों पर निकल आयीं। जगह-जगह कंडोम बने पोस्टरों की बाढ़ आ गयी। लिंग पर चढ़े कंडोम के पोस्टर यहाँ-वहाँ लहरा रहे थे। रात में निकले मशाल जुलूस में हज़ार कण्ठों से बस एक ही ध्वनि आ रही है–'कंडोम, कंडोम, कंडोम।' ढाबों की बहसों में कंडोम, क्लासरूम की वार्ता में कंडोम, मेस में खाने की मेज पर कंडोम...जैसे कंडोम के अलावा कोई मुद्दा ही कैंपस के पास न रह गया हो।

कॉमरेड अपनी योजना में सफल हो रहे थे। कंडोम की गूँज देश के शिक्षा मन्त्री के कानों में भी पड़ रही थी। उन्हें लगा कि अगर इसका समाधान न खोजा गया तो कुर्सी चली जायेगी। सो अगले ही दिन केन्द्र से स्पेशल ग्रांट स्वीकृत की गयी और कैंपस में देश की पहली कंडोम मशीन लगायी गयी। सिर्फ़ पैसे डालो और कंडोम बाहर। इस जीत को कैंपस में सेलिब्रेट किया गया। कॉमरेड जीशान को सार्वजानिक रूप से कंडोम पहनाया गया और तालियाँ बजायी गयीं।

कंडोम मूवमेंट में जीत की शाम कॉमरेड पुष्पा आचार्य के घर उनके साथ बैठी बातों में मशगूल थी कि सहसा आचार्य ने उसे व्हिस्की का पैग बना लाने को कहा। आचार्य प्रायः रोज़ शाम उसका सेवन करते थे। यह पुष्पा जानती थी। लेकिन पैग बनाने की बात सुन वह असहज हुई। लेकिन वह टाल न पायी और पैग बना लायी। फिर आचार्य ने उसे अपने लिए भी पैग बना लाने को कहा। बड़ी देर तक वह ना-नुकुर करती रही और आचार्य की ज़िद के आगे हार गयी।

व्हिस्की का पहला स्वाद आज पुष्पा को लगा था। आचार्य उसे पीने के सहज तरीक़े को लगातार एक्सप्लेन कर रहे थे। पुष्पा नशे में डूबती जा रही थी।

आचार्य की वाणी उसके कानों में गूँज रही थी–'बे-नशे में अधूरा यथार्थ दिखता है। शराब का नशा तीसरा नेत्र भी खोल देता है। क्रान्ति के सभी नायकों–चाहे वो लेनिन हों, चे हों, हो ची हों–ने शराब को दूर तक देखने का नज़रिया बनाया, उसका रचनात्मक इस्तेमाल किया। नशा भ्रम दूर कर यथार्थ के और नजदीक ले जाता है।'

पुष्पा अभी भी अर्द्ध नशे की हालत में थी। उसने देखा शराब अमेरिकी थी। आचार्य स्वयं अमेरिका के घनघोर विरोधी थे। लेकिन पुष्पा की तर्क बुद्धि अब काम नहीं कर रही थी।

अचानक उसकी ब्रा खुली और नीचे गिर पड़ी।

उसने महसूस किया कि उसके कपड़े कोई उतार रहा था।

किसी को अपने होंठ चूमते उसने महसूस किया।

वह अब बेड पर थी और आचार्य उसके भीतर प्रविष्ट हो रहे थे।

पुष्पा की साँस रुक गयी। 'सर, यह ठीक नहीं है'–वह फुसफुसायी। नशे ने जैसे शक्ति ही खींच ली हो।

आचार्य उसे सहलाते आश्वस्त कर रहे थे–"अरे तुम महसूस करो कि तुम आज़ाद हो, ये पितृसत्ता के ख़िलाफ़ तुम्हारे विरोध का तरीक़ा है। तुम नहीं जानती सैकड़ों सालों से पुरुषों ने स्त्रियों का शोषण किया है। यह तुम्हारा प्रोटेस्ट है। पूरी ताक़त लगाओ।'

पुष्पा जैसे किसी द्वन्द्ध में निस्पन्द धँस चुकी थी। नशा उसकी नशों में मिर्च-सा बह रहा था।

आचार्य की उँगलियाँ उसके बालों से अभी खेल रही थीं–'यह भी तो स्त्री सशक्तिकरण है कॉमरेड पुसी, देह की आज़ादी, जब पुरुष कई स्त्रियों को भोग सकता है। तो स्त्री क्यों नहीं। क्या तुम उन सभी शोषित स्त्रियों का बदला नहीं लेना चाहोगी? मुझे ही उस पुरुष का प्रतीक मान लो, मुझे भोगो कॉमरेड और हज़ारों सालों से शोषण का शिकार हो रही स्त्री का बदला लो। बदला लो कॉमरेड उस दैत्य पुरुष की छाती पर चढ़कर बदला लो। निमित्त बनने का सौभाग्य दो मुझे पुसी।"

पुष्पा को लगा जैसे वह गहरी खाई में स्वयं को गिरने से बचने के लिए हाथ-पाँव मार रही हो। कुछ ही देर बाद आचार्य उसके ऊपर से उतर कर बेड पर औंधे पड़े थे। वे कोई नज़्म गुनगुना रहे थे –

बोल कि लब आज़ाद हैं तेरे
बोल ज़बाँ अब तक तेरी है
तेरा सुतवाँ जिस्म है तेरा
बोल कि जाँ अब तक तेरी है
देख के आहंगर की दुकाँ में
तुन्द हैं शोले सुर्ख़ है आहन
खुलने लगे क़ुफ़्फ़लों के दहाने

फैला हर एक ज़ंजीर का दामन
बोल ये थोड़ा वक़्त बहुत है
जिस्म-ओ-ज़बाँ की मौत से पहले
बोल कि सच ज़िन्दा है अब तक
बोल जो कुछ कहना है कह ले

पुष्पा जब चैतन्य हुई तब आचार्य सामने कुर्सी पर बैठे सिगरेट पीते हुए उसकी नग्न देह को निहार रहे थे। पुष्पा की आँखों में अंगार दहके और अचानक बुझ गये। वह सुबक रही थी। आचार्य आकर उसकी बग़ल में बैठे और एक पैकेट उसे थमाया। उसमें गर्भनिरोधक गोलियाँ थीं। पुष्पा के कन्धे पर दुलार से हाथ रख उन्होंने कहा–'इसे खा लो। सेक्स सहज और प्राकृतिक है। इसका कैसा शोक! शोक तो समाज में फैला ऊँच-नीच का शोषण है। इसलिए इसका आनन्द लेकर इस ऊर्जा का इस्तेमाल शोषण के नाश के लिए करना चाहिए, क्रान्ति के लिए करना चाहिए।'

प्रतिरोध की चेतना न जाने कहाँ चली गयी थी पुष्पा से। उसने चुपचाप गोली निगली और शान्त क़दमों घर से बाहर निकल गयी। मन्द-मंद मुस्काते आचार्य उसे जाता देख रहे थे।

इसके बाद आचार्य ने जैसे कि उसे अपना सेक्स टॉय बना लिया। वह भी न जाने किस सम्मोहन में उनसे खींची चली आती थी। आचार्य उसके साथ बेहूदगी की हद तक उतर चुके थे। उनका चैंबर अक्सर अन्दर से बन्द मिलता। रातों को वे सड़कों पर पुष्पा का हाथ पकड़ घूमते दिखते।

लेकिन कुछ ही दिनों बाद यह भी देखने को मिला कि कॉमरेड पुष्पा का दमकता चेहरा स्याह होने लगा। गर्भनिरोधक गोलियों ने शायद उसका शरीर खाना शुरू कर दिया था या फिर आचार्य के द्वारा छल या आतंक वश बनाया वह रिश्ता उसे भीतर से खाने लगा। वह हॉस्टल के अपने कमरे में अक्सर बीमार पड़ी रहती। प्राय: उसे कैंपस के हेल्थ सेंटर में देखा जाता।

एक दिन पता चला कि उसे होली एंजेल्स हॉस्पिटल में भर्ती किया गया है। क्लासमेट होने के नाते हम उसे देखने गये। पेट में उसे गहरे इन्फेक्शन हो गये थे। हफ़्तों बाद वह ठीक होकर हॉस्टल आयी लेकिन मानसिक और शारीरिक रूप से पढ़ने में वह अशक्त हो चली थी। एक दिन उसके परिजन आये और उसे लेकर अपने शहर ले गये।

फिर कई दिनों तक उसका कुछ पता न चला। और अचानक एक दिन विस्फोट हुआ कि कॉमरेड पुष्पा ने आचार्य के ख़िलाफ़ शारीरिक और मानसिक शोषण की शिकायत कुलपति को भेजी है। लेकिन उसका भी कुछ न हुआ। आचार्य की खल मंडली ने उसे रफा-दफा करा दिया। कहते हैं कि आचार्य ने पुष्पा के घर गुंडे भेज कर चुप रहने की धमकी दिलायी थी।

हम कुछ लड़के-लड़कियों ने पुष्पा को न्याय दिलाने की पुनः कोशिश की और भूख हड़ताल पर बैठ गये। हफ़्तों हम प्रशासनिक भवन के बाहर बारी-बारी बैठते और कुलपति से न्याय की गुहार लगाते। लेकिन विचारधारा का वह बुलंद दरवाजा कभी न खुला। हमें अनुशासनहीनता का नोटिस दिया गया। घबराकर ज़्यादातर लोगों ने हड़ताल से दूरी बना ली। अन्तिम दिन केवल मैं और मेघनाथ चौहान बचे। यह एक बहुत प्यारा दिन था जब अपने शहर से पुष्पा ने मुझे फोन किया।

अतीत सुनाने के बाद गीले लेकिन स्पष्ट स्वर में वह कह रही थी–'मैं भटक गयी थी। लगता है जैसे आचार्य ने मुझे कोई जड़ी सुंघा दी थी। उस रास्ते, उस विचार के अलावा कुछ और मुझे नज़र ही नहीं आ रहा था। लेकिन आज लगता है की मैं कितनी बेवकूफ थी। वे मेरा यूज़ कर रहे थे और मुझे समझ में ही नहीं आ रहा था। क्लास में मैं आपसे कितना लड़ती थी, आपको सामन्त तक बोल देती थी, जबकि आज मेरे हित में बस आप खड़े हैं, जिसे मैं वैचारिक रूप से अपना दुश्मन मानती थी। मुझे माफ़ कर दीजिए। अगर ज़िन्दा रही तो आप मेरे बेहतरीन दोस्त होंगे।'

बदले में मैंने उसे दिलासा दिया और यहाँ की स्थिति बताई। उस रात जब प्राक्टर के दबाव में मैं और मेघनाथ चौहान भी धरने से उठने की तैयारी कर रहे थे कि अचानक आचार्य न जाने कहाँ से लपक कर आये और धमकी देते बोले–'तुम लोग भी उठ लो नहीं तो कैंपस से ही उठा देंगे।'

किन्ही दो लोगों के बीच का अन्दरूनी रिश्ता कैसा है, यह वही दोनों सही सही जानते हैं लेकिन उस रात आचार्य की व्यग्रता और दुविधा देखकर मुझे उनके अपराधी होने पर यकीन बढ़ रहा था।

पेट के कैंसर से दर्दनाक मृत्यु से पूर्व कॉमरेड पुष्पा ने अपने फेसबुक अकाउंट पर लिखा कि वामपन्थ को आत्मविश्लेषण करना चाहिए। एक पोस्ट में उसने लिखा–'मैंने भारत के अधिकांश शीर्ष विश्वविद्यालय देखे हैं और छोटे–छोटे शहरों के विश्वविद्यालय भी। ईमान से कह रही हूँ, ये सभी वैदुष्य के मरघट और ईमान के बैतुलख़ला (पाख़ानाघर) मालूम पड़ते हैं। विशेष तौर पर, विश्वविद्यालयों के हिन्दी साहित्य के कूपमण्डूक प्रोफ़ेसर मुझे कबरबिज्जू और गुबरैले सरीखे प्रतीत होते हैं।

मैं अपने धीरज की परीक्षा देने के लिए बार-बार इनसे सौहार्द्रपूर्ण संवाद की कोशिश करती हूँ और हर बार विफल हो जाती हूँ। अब मैं इतना डेमोक्रेटिक तो नहीं हो सकती कि एक गुबरैला या कबरबिज्जू बन जाऊँ! हाय! मैं क्या करूँ? ख़ासकर, हिन्दी के ब्राह्मणवादी 'प्रगतिशील-जनवादी' और 'मार्क्सवादी' प्रोफ़ेसरों ने हिन्दी पट्टी की जनता और हिन्दी साहित्य के साथ जो दुराचार, व्यभिचार और अत्याचार किया है और कर रहे हैं, उसके लिए इन्हें चौराहे पर पँचलत्ती मारने का पंचनिर्णय सुना दिया जाये तो वो भी बहुत कम है!'

एक अन्य पोस्ट में उसने लिखा–'भारत में राजनीति और साहित्य में वामपन्थ के नाम पर जो कुछ भी चलन में है, उसका नब्बे प्रतिशत सामाजिक जनवाद है और दो-तीन प्रतिशत वामपन्थी दुस्साहसवाद है। जब क्रान्ति की लहर पर प्रतिक्रान्ति की लहर हावी हो तो विचारधारात्मक पतन का यह परिदृश्य स्वाभाविक है। साहित्य के क्षेत्र में सामाजिक जनवाद और संशोधनवाद का एक प्रमुख स्रोत हिन्दी के कूपमण्डूक आत्मतुष्ट, अकड़ू मास्टर हैं जो नयी पीढ़ी तक मार्क्सवाद पहुँचने की राह में चट्टान की तरह अड़े खड़े रहते हैं। बहस में उतरने का तो कलेजे में दम नहीं, बस उपदेश और शाप देते रहते हैं। इनके 'मार्क्सवाद' के सामाजिक जनवादी/संशोधनवादी/बुर्जुआ लिबरल होने का कारण सिर्फ़ यही नहीं होता कि ये दर्शन और इतिहास की पढ़ाई के मामले में लगभग शून्य हुआ करते हैं, बल्कि इससे भी अहम कारण यह है कि सामाजिक जनवाद/संशोधनवाद/बुर्जुआ उदारतावाद और बुर्जुआ मानवतावाद की विचारधारा इनकी वर्ग-अवस्थिति के अनुकूल होती है। क्लास में मुक्तिबोध को पढ़ाते हुए भी इन्हें कोई ग्लानि इसलिए नहीं होती क्योंकि इनका अन्तर्विवेक तो गैंडे की मोटी खाल से ढँका होता है या फिर मुक्तिबोध पढ़ाते हुए भी इनका मन कभी भक्तिकाल में, तो कभी बिहारी, देव, घनानन्द के इर्द-गिर्द ही भटकता रहता है। हिन्दी का मास्टर, अपवादों को छोड़कर, ब्राह्मणवादी संस्कृति, द्रोणाचार्य परम्परा, चमकदार शब्दों में की जाने वाली बकवास, अपढ़पन-कुपढ़पन, आत्मधर्माभिमान, ऐंठ और कूपमण्डूकता की साक्षात् मूर्ति होता है। हिन्दी साहित्य के कबाड़ा पीटने के अतिरिक्त बहुतेरे प्रतिभाशाली युवाओं को भी तबाह-बर्बाद करने का ऐतिहासिक अपराध इन मास्टरों के मत्थे तो है ही, चाहे यह बात डॉक्टर साहबों और प्रोफेसर साहबों को और उन जैसा ही बनने के सपने देखने वाले चमचों-कलछुलों को जितनी भी बुरी लगे।'

कॉमरेड पुष्पा एक सच्ची कॉमरेड थीं, किन्तु कैंपस के कॉमरेडों ने उन्हें ऐसे भुलाया जैसे कि वे कभी थी ही नहीं।

वे जिसे प्यार करते हैं, उसे मार देते हैं

कृष्णन से कैसे दोस्ती हुई ठीक-ठीक याद नहीं। वह दलित समुदाय का एक मेहनती लड़का था। भारत के मानचित्र पर ठीक उस जगह उसका गाँव सेलम था, जहाँ उत्तरी और दक्षिणी भाषाएँ मिल जाती हैं। बाली और सुग्रीव का इलाक़ा। हनुमान का देश। जो राम के सहायक बने। जिन्होंने सीता की मुक्ति में अपने प्राण भी दिये।

भले ही प्रवेश परीक्षा में उसे अन्तिम स्थान मिला पर पढ़ने की उसकी ललक विलक्षण थी। हिन्दी से उसे प्यार था। अक्सर मैं कहता कि दक्षिण में इतने विरोध के बावजूद वह हिन्दी विषय क्यों पढ़ रहा है? तो वह हँसने लगता। उसके आदर्श महात्मा गाँधी थे। उनके हवाले से वह कहता कि गुजराती होते हुए यदि उन्हें हिन्दी से इतना प्यार था तो मुझे क्यों न हो? उसका जुनून इतना गहरा था कि पेज-दर-पेज वह रट जाता था। अधिकांश प्रसिद्ध कविताएँ उसे कण्ठस्थ थीं।

संगत हालाँकि उसकी कॉमरेडों के साथ ही थी, लेकिन मुझसे उसका लगाव न जाने क्यों था? इनका कारण शायद वे पैसे भी हो सकते थे जो उसे अक्सर मैं उधार दिया करता था और प्रायः वापस माँगता भी न था। जब उसके पास होते वह मुझे दे जाता। सम्भवतः इसी कारण वह मुझे मज़ाक़ में पूँजीवादी भी कहता और तर्क देता कि क्रान्ति की राह में मेरे जैसे लोग ही बाधक हैं। हालाँकि मन से वह मेरी इज़्ज़त करता और प्रायः मेरे साथ ही खाता-पीता और कैंपस में घूमता। वह अक्सर ब्राह्मणवाद, सामन्तवाद की आलोचना करता और प्रमाण के रूप में तुलसीदास के रामचरितमानस का हवाला देता। उसके मत में मानस को पाठ्यक्रम से निकाल देना चाहिए, क्योंकि वह एक प्रतिक्रियावादी कविता है। दलित विरोधी है, स्त्री विरोधी है, मनुष्य विरोधी है। वह शम्बूक की हत्या के उदाहरण देता और रामचरितमानस को गलियाँ देता।

ऐसे ही एक दिन मैंने उसे कमरे में बैठाया और हाथ में रामचरितमानस रख उसे समझाना शुरू किया। मैंने बताया उसे कि रामचरितमानस में रामकथा के मुख्य और प्रामाणिक प्रवक्ता काकभुशुण्डि हैं जो एक शुद्र हैं। पूरा रामचरितमानस तुलसी ने भगवती सीता को समर्पित किया है। मैंने उसे समझाया कि रामचरितमानस को ठीक से न पढ़ने वाले ही उसे गाली देते हैं। बेहतर है कि वह इसे पूरा पढ़े। मेरी ज़िद पर वह उसे ले गया और कुछ दिन ग़ायब रहा।

तकरीबन एक हफ़्ते बाद वह रामचरितमानस लेकर मेरे कमरे में आया। उस दिन वह काफ़ी गम्भीर लग रहा था। आते ही उसने मुझसे माफ़ी माँगी और रामचरितमानस को लेकर आश्चर्य व्यक्त किया। उसने स्वीकार किया कि जैसा जेएनयू में कॉमरेड लोग रामचरितमानस को समझते और व्याख्यायित करते हैं वैसा उसमें कुछ भी नहीं। उसकी दृष्टि बदल चुकी थी या कहें वह परिपक्कव हो चुका था। मेरे प्रति उसका विश्वास बढ़ गया था।

आचार्य भी कृष्णन से बेहद लगाव रखते थे। यह उनकी राजनीति के अनुकूल भी था। एक दलित लड़के को नज़दीक रखकर वह उस समाज के प्रिय बने रहते। कृष्णन को आचार्य के घर आने जाने की खुली छूट थी। घर के कतिपय काम भी वह करता था। आचार्य चक्की से पिसे ताजे आटे की रोटी खाना ही पसन्द करते थे और गेहूँ पिसाने का यह काम कृष्णन ही करता था। आचार्य मधुमेह के रोगी भी थे और इसके इलाज का जामुन भी कृष्णन दूर किसी सब्ज़ी मण्डी से लेकर आता था। कई बार कृष्णन रात में उनके घर भी रुक जाता था। विभाग के सामने कई बार आचार्य कृष्णन के कन्धे पर हाथ रख कहते–'आई लव दिस चेला।'

किन्तु, इधर मेरी सोहबत की वजह से कृष्णन प्रतिक्रियावादी भी होता जा रहा था जिसे आचार्य लक्षित कर रहे थे। उन्होंने उसको कई बार समझाया कि मेरा संग छोड़ दे। वह कुछ दिन डर वश मुझसे दूर रहता लेकिन बाद में फिर आ जाता। क्लास में अक्सर आचार्य द्वारा सेमिनार पेपर प्रस्तुति का क्रम चलता। कृष्णन पहले तो वामपन्थ का बेतरह समर्थन करता किन्तु इधर मेरे संग रहते रहते उसमें विचलन भी आया था। अब वह मार्क्स के विचारों पर प्रश्नचिन्ह लगाने लगा था। रामचरितमानस आदि साहित्य ग्रन्थों की तरफ़दारी करने लगा था। क्रान्ति के विरुद्ध तर्क देने लगा था।

ज़ाहिर है कि वह आचार्य की नज़रों से उतरने लगा था। एक दिन आचार्य ने उससे अपना टायलेट साफ़ करने को कहा। यह सुन वह सन्न रह गया। फिर उसने

ऐसा करने से माना कर दिया। आचार्य ने उसे गुस्से में भंगी कहा और घर से भगा दिया। वह रोता हुआ अन्य कॉमरेड मित्रों के पास गया और पूरी घटना बतायी। कुछ कॉमरेडों ने उससे सहानुभूति दिखाई और उसे लेकर आचार्य के पास पहुँचे। वहाँ अन्य सीनियर कॉमरेड पहले से बैठे मिले और वे इस मुद्दे को किनारे करने लगे।

किन्तु अगले दिन न जाने कैसे यह घटना समाचारपत्र में छप गयी। 'जेएनयू के आचार्य ने छात्र को भंगी बोला' शीर्षक से छपी यह न्यूज़ फैल गयी। दलित छात्रों ने इस आधार पर आचार्य का विरोध भी शुरू कर दिया। किन्तु आचार्य भी कम खिलाड़ी नहीं थे। उन्होंने सीनियर कॉमरेडों से मिलकर शीघ्र ही इस मुद्दे को मैनेज कर लिया और ठीकरा दक्षिणपन्थ पर मढ़ दिया।

आचार्य अब कृष्णन से नफ़रत करने लगे थे। उसके नम्बर अब कम आने लगे थे। वह अक्सर झुँझलाता और आचार्य को मेरे सामने कोसता। किन्तु कर कुछ न पाता था।

कॉमरेडशिप से विचलन की कठोर सजा कृष्णन को एमए के बाद एमफिल प्रवेश परीक्षा के परिणाम में मिली। परीक्षा की कॉपी आचार्य ने चेक की थी और उन्होंने कृष्णन को बाहर कर दिया था। रिजल्ट देखकर वह दंग रह गया। वह आचार्य से पूछने उनके घर गया पर उन्होंने उसे भगा दिया।

रिसर्च करने का उसका सपना टूट गया था। वह उदास और बीमार रहने लगा था। फिर मेरे कहने पर उसने आन्दोलन की राह ली। दलित लड़कों को इकट्ठा कर विभाग के सामने धरना देकर उसने आचार्य के ख़िलाफ़ आन्दोलन छेड़ दिया। कई दिनों तक आचार्य विभाग न आ पाये। उनकी बदनामी हो रही थी। मजबूरन उन्हें समझौता करना पड़ा। उन्होंने बन्द कमरे में कृष्णन से वादा किया कि अगले वर्ष उसका प्रवेश एमफिल में कर देंगे।

लेकिन आचार्य के ये पैंतरे थे। वे वादों की नैतिकता से ऊपर थे। कृष्णन को उन्होंने टारगेट कर लिया था। उधर, कृष्णन कुछ समय मेरे कमरे में रहता तो कुछ दिनों के लिए अपने गाँव सेलम चला जाता। अगली प्रवेश परीक्षा की तैयारियों में दिन रात जुटा रहता। उसके गाँव में बिजली न थी किन्तु वह लालटेन की रोशनी में पढ़ता। अरुचि के बावजूद वह वामपन्थ की सारी प्रसिद्ध किताबें पढ़ गया। हिन्दी ही नहीं बल्कि अंग्रेज़ी की किताबें भी उसने रट डालीं।

इस बार की प्रवेश परीक्षा में उसका पेपर शानदार हुआ। उसने ख़ुशी-ख़ुशी यह बात मुझे बतायी। पर हुआ वही जिसका डर था। आचार्य की निगाहों में वह

उतर चुका था। इस बार उन्होंने कापियाँ ख़ुद न जाँचकर अपने एक पसन्दीदा अध्यापक को दे दीं। वे कृष्णन का हस्तलेख पहचानते थे। एक बार फिर उन्होंने उस अध्यापक की मदद से कृष्णन को फेल करा दिया।

विभाग की दीवार पर चिपके रिजल्ट में कृष्णन अपना नाम खोज रहा था। पर उसका नाम लिस्ट में नहीं था। मैं भी उसके साथ था। मेरे कन्धे पर सिर रखकर वह रो रहा था। मैं उसे सहला रहा था। आचार्य बग़ल से हमें घूरते हुए निकल रहे थे।

कृष्णन में अब लड़ने की ताक़त न थी। वह डिप्रेशन में जा चुका था। मेरे कमरे में ही अक्सर वह पड़ा रहता या फिर पार्थसारथी रॉक के पत्थरों पर लेटा रहता। जेएनयू से उसे प्यार था। वह यहाँ अपना करियर बनाना चाहता था। पर आचार्य उसकी राह में बाधा गये।

कृष्णन टूट चुका था। वह वापस अपने गाँव नहीं लौटना चाहता था। आख़िरकार, एमए के जिस क्लासरूम में कृष्णन ने कभी ज्वलन्त सेमिनार पेपर प्रस्तुत किये थे, जोशीले भाषण दिये थे, सवाल पूछे थे, उसी क्लासरूम में एक दिन तड़के सुबह कृष्णन का मृत शरीर पंखे से झूलता मिला। उसकी बाहर निकल आयीं आँखें ब्लैकबोर्ड पर टिकी थीं जहाँ लिखा था–वाम वाम वाम दिशा, समय साम्यवादी।

पूरे कैंपस में हल्ला मच गया। उस कमरे के बाहर विद्यार्थियों की भीड़ जुटी थी। पुलिस बुलायी जा चुकी थी। वह उसका शव उतारकर पोस्टमार्टम के लिए ले गयी। प्रशासन मामले को दबाने के लिए हरकत में आ गया। आचार्य के दबाव में वाम समूह ने भी इस मौत पर चुप्पी साध ली। कुछ दलित लड़कों ने ज़रूर हाय-हाय किया पर वे मुट्ठी भर थे और शीघ्र ही चुप हो गये।

मरने से पहले कृष्णन ने वाम के विरोध में कई फेसबुक पोस्ट लिखे हालाँकि आचार्य का जिक्र उसने कहीं नहीं किया। एक पोस्ट में उसने लिखा कि 'यहाँ दाखिले का कोई मानक नहीं है। समानता को नकारा जाता है। वंचितों को सिर्फ़ लालीपाप दिखाया जाता है।'

एक अन्य पोस्ट में उसने लिखा कि 'मैंने जेएनयू में पढ़ने के लिए ढाबों में बर्तन तक धो कर पैसे इकट्ठे किये। चींटियों की तरह धीरे-धीरे पैसे संग्रह किये, लोगों से उधार माँगें, ट्रेन में यात्रा के दौरान भूखा रहा, लेकिन अफ़सोस की कुछ लोगों ने यह पूरी कोशिश की कि मैं जेएनयू में घुस न सकूँ और वे अपने मकसद में सफल रहे।'

अपनी अन्तिम पोस्ट में उसने बेहद मार्मिक वाक्य लिखे–'जेएनयू अपने लक्ष्य से बहुत दूर निकल आया है। इस पर एक विचारधारा ने क़ब्ज़ा कर रखा है। यह विचारधारा एक दिन जेएनयू को लील जायेगी। यह विचारधारा नौनिहालों को एकांगी बना रही है, उनका सम्पूर्ण विकास नहीं कर रही है, उन्हें गुमराह कर रही, एक विदेशी ज्ञान पद्धति में उन्हें ढाल रही, जिसका भारत के लिए कोई उपयोग नहीं।'

पोस्ट के अन्त में हैस-टैग देकर उसने लिखा–'भारत माता की जय...वन्दे मातरम्।'

पोस्टमार्टम के बाद उसका शव लेकर उसके पिता जाने लगे। मेघनाथ चौहान मेरे साथ दुखी मन से खड़े थे। अचानक उनके मुँह से आचार्य के लिए गालियाँ निकलीं और फिर कविता सा एक वाक्य–'वे जिसे प्यार करते हैं, उसे मार देते हैं।'

मेघनाथ, दरअसल सही कह रहे थे। दलितों, पिछड़ों को लेकर वाम रवैया बेहद ख़तरनाक था। वे जब तक विचार के समर्थक रहते थे तब तक ठीक अन्यथा उनका हश्र बुरा होता था। और यह सब केवल कैंपस में नहीं बल्कि देश भर में होता था।

दलितों और पिछड़ों को लेकर ऐसी ही एक घटना थी ननूर गाँव की। ननूर में हुए नरसंहार की। कश्मीर से लेकर बस्तर में जवानों की नक्सल–आतंक विरोधी कार्रवाई को भी नरसंहार कहने वाले वामपन्थियों ने इस नरसंहार को कभी बताने की कोशिश नहीं की। पश्चिम बंगाल के गाँव ननूर में मुख्यतः दलित, जनजाति और पिछड़े लोग रहते थे। इन्हीं समुदायों के बीच से 11 लोगों की हत्या कर दी जाती है। दरअसल यह हत्या नहीं थी, यह वामपन्थ का एक पैशाचिक कृत्य था, जो उसके पुरोधाओं ने विरासत में उन्हें दिया था।

इन 11 स्थानीय ग्रामीणों के नरसंहार की वजह थी 'वैचारिक मतभिन्नता'। कम्युनिस्ट पार्टी के विचार से भिन्न राय रखने की वजह से निचली जातियों के 11 अत्यन्त ग़रीब ग्रामीणों की कम्युनिस्ट पार्टी के स्थानीय नेताओं और कार्यकर्ताओं ने मिलकर हत्या कर दी। सत्ता में होने का फ़ायदा उठाकर तत्कालीन कम्युनिस्ट पार्टी सरकार ने इसे नरसंहार मानने से इनकार कर दिया और तो और मृतक ग्रामीणों को डाकू होने का आरोप लगाया और जनता को दिग्भ्रमित करने की नाकाम कोशिश की। ननूर के सांसद, जो स्वयं कम्युनिस्ट पार्टी से थे, उन्होंने कहा कि "मारे गये लोग ख़रीदे हुए गुंडे थे। वे डाकू और असामाजिक तत्त्व थे।"

इस नरसंहार में शामिल वामपन्थी अपराधियों को बचाने की जी-तोड़ कोशिश की गयी। देश के स्वघोषित लिबरल और लोकतन्त्र का लबादा ओढ़े बुद्धिजीवियों ने इस घटना को ऐसे अनदेखा किया, मानो वहाँ कुछ हुआ ही नहीं।

इस नरसंहार पर जब कोर्ट में ट्रायल शुरू किया गया, तब कुछ समय पहले से ही वामपन्थी कार्यकर्ताओं और नेताओं ने ननूर में भय का माहौल बनाना शुरू कर दिया। गवाहों को प्रभावित करने से लेकर पूरे गाँव को हिंसक तरीक़े से डराने का काम चलता रहा।

मेघनाथ कहते थे कि तथाकथित उदारवादी और सुधारवादी बुद्धिजीवियों का समूह समाज में यह विभ्रम फैलाता कि 'फ़ासीवादी' ताक़तें आज सत्ता में हैं। लेकिन यही समूह आपको कभी नहीं यह बताता कि मात्र विचारों में मतभेद होने की वजह से कैसे एक विचाधारा के सिपहसालार नरसंहार तक कर देते हैं।

ख़ैर, आचार्य ने एक बहुत प्यारा दोस्त हमसे छीन लिया।

लाल सलाम

कृष्णन की मौत भूली जा चुकी थी। कहीं कोई ग्लानि न थी। आचार्य के नेतृत्व में कैंपस में कॉमरेडों का बुरी तरह आतंक था। दक्षिणपन्थी या अन्य विचार को मानने वाले समूहों को तिरस्कृत कर उन्हें लूम्पेन घोषित कर दिया जाता था। प्राय: इन समूह के विद्यार्थियों को जानबूझकर परीक्षा में कम अंक दिये जाते थे। जो अधिक सक्रिय होते थे, उन्हें एक दो सेमेस्टर में फेल कर बाहर निकाल दिया जाता था।

आचार्य एवं उनके अन्य सहयोगियों ने कैंपस की विचारधारा तय कर दी थी। प्राय: ऐसे ही सेमिनार होते थे जिनमें वाम विचार के प्रसार-प्रचार का प्रयत्न किया जाता था। एक अन्तर्राष्ट्रीय सिंडिकेट सक्रिय था जिसके स्थानीय प्रतिनिधि आचार्य स्वयं थे। हर सेमिनार-संगोष्ठी में कैडर के विचारकों एवं अध्यापकों को ही बुलाया जाता था तथा अन्य विचारकों का प्रबल विरोध किया जाता था। शायद ही कभी ऐसे विचारक को कभी इंट्री मिली हो।

देश भर में जहाँ-जहाँ अलगाववादी आन्दोलन हो रहे थे उनको वाच किया जाता था। उनके नेताओं को सेमिनारों में बुलाकर उन्हें हीरो बनाया जाता था। हद तो तब हुई, जब एक बार कश्मीर के एक ऐसे आतंकवादी को वक्ता बनाकर बुलाया गया, जिसने सैकड़ों हत्याएँ की थीं। मैंने देखा कि स्टेज पर आचार्य उसे माला पहना रहे थे और वह देश और संस्कृति पर भाषण झाड़ रहा था। वह खुलेआम भारत के टुकड़े-टुकड़े करने का समर्थन कर रहा था और उसके पक्ष में दलीलें दे रहा था और दर्शक दीर्धा में रहे कॉमरेड तालियाँ पीट रहे थे। उस सभा में सादे वेश में सेना के दो जवान भी बैठे हुए थे और उन्होंने वक्ता की कुछ बातों का खड़े होकर विरोध किया। लेकिन यह कॉमरेडों से बर्दास्त न हुआ और उन्होंने उन दोनों को धक्के मारकर बाहर निकाल दिया।

दरअसल वे अन्य विचारों के इतने विरोधी थे कि जब एक बार कुछ छात्रों द्वारा किसी दक्षिणपन्थी विचारक को बुलाया गया तो आचार्य के नेतृत्व में नार्थ गेट पर सारे कॉमरेड लेट गये, ताकि उसकी गाड़ी कैंपस में न घुस सके। मजबूरन उसे उल्टे हाथ लौटना पड़ा।

आचार्य ने उस दिन जो भाषण दिया उसने कैंपस को डरा दिया–"हमें इनका केवल वैचारिक नहीं अपितु भौतिक विरोध भी करना होगा। ये आराजक लोग हैं। सदियों से दलितों को दबाने वाले। ये सामन्ती और ब्राह्मणवादी हैं। स्त्री विरोधी हैं। सत्य विरोधी हैं। क्रान्ति विरोधी हैं। कैंपस में इनकी कोई ज़रूरत नहीं। अगर ज़रूरत पड़े तो इनकी हत्या भी जायज है।"

आचार्य की इस दहाड़ का इतना आतंक हुआ कि कुछ विवाहित छात्राओं ने डर के मारे सिन्दूर तक लगाना छोड़ दिया ताकि वे परम्परावादी न समझ ली जायें।

ऐसे ही एक समय हम कुछ लड़कों ने मिलकर स्वामी वीरेन्द्रानन्द का कैंपस में कार्यक्रम तय किया। वीसी ने उसकी अनुमति भी प्रदान कर दी।

स्वामी जी एक प्रगतिशील सन्त थे और भारत की सांस्कृतिक विरासत के प्रचारक थे। आम जनमानस में उनकी पैठ थी। वे एक अकादमिक व्यक्ति भी थे। हार्वर्ड से मैनेजमेंट में पीएच.डी. थे, किन्तु बाद में उन्होंने संन्यास का रास्ता चुना लेकिन उस रूप में भी उन्होंने सामाजिक सेवा कार्य को चुना। वे वाम वैचारिकी के धुर विरोधी थे। कई कार्यक्रमों में उन पर कॉमरेडों ने हमले भी किये थे।

काँचा जैसे मिशनरी फंड पर पलने वाले कॉमरेड जो कि घृणित अपराधों के आरोपित रहे हैं, वे आज तक जिसके विरोध में लिखते आ रहे थे अर्थात हिन्दू चेतना, उसके समर्थन में स्वामी जी 'मैं हिन्दू कैसे बना' लिख रहे थे। ज़ाहिर है कि ऐसे काम का नतीजा यही हुआ कि उनके बारे में चुप्पी साधकर उन्हें उनके विचारों के साथ मिटा देने की भरपूर कोशिश हुई।

हालाँकि स्वामी जी हमेशा से वामपन्थियों के विरुद्ध थे, ऐसा नहीं था, क्योंकि ये माना जाता है कि 1970 के दशक के आसपास वो भी वामपन्थी झुकाव रखते थे। लेकिन उनके लेखन को प्रकाशक मिलना नामुमकिन बना दिया गया। अन्ततः उन्हें अपना ख़ुद का प्रकाशन शुरू करना पड़ा।

उनके लिखे का प्रभाव कैसा था? इसे देखने के लिए उनके प्रकाशन की प्रतिबन्धित पुस्तकों की सूची देख लेना काफ़ी होगा। 'अंडरस्टैंडिंग इस्लाम' के लिए उन्हें गिरफ़्तार भी किया गया था। उनके ख़िलाफ़ मुक़दमा बाद में हटा लिया गया

लेकिन इस किताब की मूल अंग्रेज़ी प्रतियों को प्रतिबन्धित कर दिया गया। हिन्दी अनुवाद को पहले ही प्रतिबन्धित किया जा चुका था।

प्रतिबन्धित होने वाली दूसरी किताब का नाम 'हिन्दू व्यू ऑफ़ वेस्टर्न रिलिजन' था। इसे प्रतिबन्धित करने के लिए बिहार के एक माफ़िया मुस्लिम सांसद ने संसद में प्रस्ताव दिया था।

स्वामी जी की सबसे प्रसिद्ध किताब 'हिन्दू टेंपल्स–वेयर दे हैव गॉन' को कहा जा सकता है। लेकिन इसे भी प्रतिबन्धित करने का प्रयास हुआ था। इस किताब का विषय वे मन्दिर थे, जो इस्लामिक जिहाद के दौरान भारत में तोड़ डाले गये। एक साथ इतने मन्दिरों का प्रामाणिक दस्तावेज़ प्रस्तुत कर देना शायद स्वामी जी के जीवन की सबसे बड़ी उपलब्धि रही।

उनकी यह पुस्तक आज भी प्रमाणों के तौर पर इस्तेमाल की जाती है। सेकुलरिज़्म और नरसंहारों को नकारने की तथाकथित बुद्धिजीवी वर्ग की आदत को वे अपने दौर में आड़े हाथों लेते रहे। जो आज के दौर में भी हिन्दुओं के पक्ष से लिखते हैं, उन्हें अच्छी तरह अन्दाज़ा होगा कि यह काम कितना मुश्किल है। प्रकाशकों का न मिलना, सोशल मीडिया पर विरोध, ये सब मामूली बाते हैं। अक्सर संगठित गिरोहों के ख़िलाफ़ जाने पर मुक़दमे और मनगढन्त यौन शोषण जैसे आरोप भी झेलने पड़ सकते हैं। चरित्र हनन और आर्थिक नुकसान पहुँचाने की कोशिशें सबने देखी हैं।

सम्भवतः इसी कारण एक बहुत बड़े साहित्यकार उन्हें हमारे दौर का 'बौद्धिक क्षत्रिय' मानते थे।

उस दिन कॉन्फ्रेंस रूम में स्वामी जी के मुख से विचार सरिता बह रही थी–"वाम एक भारत विरोधी विचारधारा है। मार्क्सवाद का सामाजिक दर्शन ईसाई पन्थिक विचार का विद्रोधी था। मार्क्स ने इसी सन्दर्भ में ईश्वर को अफ़ीम कहा था। ईसाइयत का ईश्वर मार्क्स की दृष्टि में अन्धविश्वास था। अन्धविश्वास से ठगी और शोषण होता है। वैज्ञानिक दृष्टिकोण में अन्धविश्वास का स्थान नहीं होता, लेकिन आश्चर्य है कि तर्क बुद्धि और शुद्ध अर्थशास्त्र से पैदा मार्क्सवाद भी मजहब बन गया। मार्क्सवादी कट्टरपन्थी मजहबी से भी ज़्यादा कट्टरपन्थी हैं। वाद-विवाद संवाद में उनकी आस्था नहीं है। भारत के सुशिक्षित वामपन्थी भी अपनी भारत विरोधी टिप्पणियों के लिए अभिव्यक्ति की स्वतन्त्रता का हवाला देते हैं, लेकिन दूसरे पक्ष के सही और संवैधानिक तथ्यों को भी 'थोपा जाना'

बताते हैं। वन्देमातरम् राष्ट्रगीत है। वे कहते हैं कि इसका थोपा जाना अनुचित है। राष्ट्रभाव स्वाभाविकता है।"

हाल तालियों से गड़गड़ा उठा किन्तु अचानक तालियाँ सहम उठीं। बाहर से एक शोर सा अन्दर आ रहा था।

किन्तु स्वामी जी का वक्तव्य जारी रहा–" रूस से वामपन्थ समाप्त हो चुका है क्योंकि इस विचार में अन्तर्निहित कोई भयानक फाल्ट है। आत्मचिन्तन ऐतिहासिक 'कम्युनिस्ट घोषणा पत्र' में है नहीं। कम्युनिस्ट शायद इसीलिए ऐतिहासिक गलतियाँ करते हैं। इतिहास में ऐसी गलतियों के लिए क्षमा की कोई व्यवस्था नहीं।"

और तभी आचार्य के नेतृत्व में कॉमरेडों का दल भीतर घुसा। हाल में भगदड़ मच गयी। भाषण सुन रहे कई छात्र छात्राएँ भाग निकले। आचार्य स्वामी जी के नजदीक पहुँचे और माइक तोड़ कर फेंक दिया। उनका कालर पकड़ कर बोले–" तैं ढोंगी बतायेगा हमें आत्मचिन्तन? तैं पढ़ायेगा हमें मैनिफेस्टो? तैं सिखायेगा हमें ऐतिहासिक ग़लतियाँ? तेरी औक़ात कि हमें भारत का पाठ पढ़ाये? भयानक फाल्ट तो तेरी इस कण्ठी में है..."

और स्वामी जी के गले में लटकी कण्ठी को आचार्य ने तोड़ कर फेंक दिया। धक्के से स्वामी जी गिर गये। मैंने देखा कि कॉमरेड उन्हें लात घूँसों से मार रहे थे। फिर आचार्य मेरी ओर लपके और घुड़कते हुए कहा–"यही सब का आयोजन करोगे। देखता हूँ कैसे तुम पीएच.डी. करते हो और किस यूनिवर्सिटी में नौकरी पाते हो? "

फिर आचार्य के आदेश पर वे सब स्वामी जी को छोड़ बाहर निकल गये। जाते जाते सारे बैनर भी उन्होंने फाड़ डाले।

स्वामी जी दीवार के सहारे लुढ़के पड़े थे। उनके मुँह से ख़ून निकल रहा था। पर वे करुणा से हँस रहे थे। उल्टे हमें सान्त्वना दे रहे थे।

दूर जाते कॉमरेडों का नारा गूँज रहा था–कॉमरेड आचार्य लाल सलाम...लाल सलाम लाल सलाम...वेद पुराण उपनिषद...जला दो मिटा दो।

मेघनाथ चौहान ने ग़ुस्से में थूक कर कहा–'तो यह है इन सालों का लाल सलाम? एक सन्यासी का भी ख़ून बहा दिया।'

खैर, हम लोग स्वामी जी को स्थानीय हास्पिटल में ले गये। मरहम पट्टी की गयी। गेट के बाहर ऑटो बुलाया गया। हमने उनके पैर छुए पर उन्होंने अनदेखा किया और ऑटो में बैठ उदास होकर चले गये।

मेघनाथ चौहान ने उस अवस्था का उनका एक फ़ोटो ले लिया था। काग़ज़ पर उस फोटो सहित यह करुण कविता उन्होंने अगले दिन कैंपस की दीवारों पर चिपका दिया था–

यह झर झर बहता ख़ून
वेदों की छाती से निकल
भारत की मिट्टी पर
टप्प-टप्प चू रहा है

तुम्हारी लाठियों से दिये गये घाव
चमड़े पर नहीं
सनातन ऋचाओं पर लगे हैं

आह! कि यह निर्विकार चेहरा
तुम्हारे हाथों के पत्थर नहीं गिन रहा
घात नहीं पढ़ रहा
बल्कि गीता के किसी श्लोक में
तुम्हारा चेहरा ढूँढ़ रहा है

इतनी निर्मल आँखों पर वार
इतिहास में न जाने कितनी बार किये गये
ये आँखें नीली तो हुईं
पर लाल कभी न हुईं
लाल हुई होतीं
तो तुम खाड़ी में ही
दफ़न हो चुके होते

इन आँखों ने तुम्हें
दरअसल मनुष्य नहीं
बल्कि एक नादान बच्चे के रूप में देखा
जिसे एक अटपटी किताब ने
और एक सनकी मसीहा ने

भरमा दिया है
और क्षमा भाव में ये
सदियों से
सन्न खुली हुई हैं
और संसार भर की पोथियों में
उस भरम का
तोड़ खोज रही हैं

इसलिए रक्ताभ होंठों पर
यह जो खिलती हुई हँसी
देख रहे हो न
यही तुम्हारे क़द की
असल नाप है

ऐसी हँसी की आह से
छिप पाना
असम्भव है
तुम्हारी आदत तो नहीं
फिर भी
याद रखना
कि क्रूरता से मारे गये
एक सन्त की निश्छल हँसी
मात्र अजपा जाप नहीं है

यह किसी भी युग में
आततायी को दिया गया
अन्तिम और अमोघ शाप है...

और जैसा कि आशंका थी, कॉमरेडों ने इसे हर जगह से फाड़ फाड़ कर फेंक दिया। उन्हें विरोधी विचार और कविता भी सहने की आदत न थी।

दूसरे नर्क हैं

स्वामी जी की घटना ने कैंपस में हलचल मचा दी। तटस्थ विद्यार्थियों की एक बड़ी जमात ने उनका अपमान स्वीकार नहीं किया और आचार्य के नेतृत्व में हुए इस काण्ड की भर्त्सना की। यह अवसर कॉमरेडों की पोल खोलने के अनुकूल था। अतः हम कुछ साथियों ने दक्षिणपन्थी समझी जाने वाली अखिल भारतीय विद्यार्थी परिषद के बैनर तले उनके ख़िलाफ़ अभियान छेड़ दिया।

कैंपस में हाथ से बने पोस्टरों की बाढ़ आ गयी। उसे कोने-कोने में हमने साट दिया। स्वामी जी के मार्मिक चित्र के साथ मेघनाथ चौहान की कविता के चर्चे जगह-जगह होने लगे। लोकप्रियता बढ़ती देख इस पूरे अभियान को हमने अवान्तर अभियानों के सहारे और भी सक्षम करने की कोशिशें तेज कर दीं।

इस क्रम में पहला अभियान अन्तरराष्ट्रीय अध्ययन के छात्र अशोक शर्मा ने चलाया। अशोक राजनीति शास्त्र के विद्यार्थी थे और अपने विभाग के अध्ययन-अध्यापन से बेतरह नाख़ुश थे। उनके अध्यापक अधिकांश वही थे, जिन्होंने कैम्ब्रिज या ऑक्सफोर्ड से शिक्षा पायी थी। वे सिर्फ़ पाश्चात्य राजनितिक विचारकों को पढ़ाते थे और भारत को राजनैतिक चिन्तन शून्य मानते थे। वे चाणक्य आदि को दो कौड़ी का ठहराते थे। सिद्ध करते थे कि राजनीति का चिन्तन अंग्रेज़ लेकर आये। अशोक ने इसका विरोध करने का निर्णय लिया।

अपने अभियान का नाम उन्होंने 'वन्दे मातरम्' रखा। इस नारे से कॉमरेड बेतरह जलते थे। अशोक ने नेहरू की मूर्ति के नीचे अपना आसन जमाया और वन्दे मातरम् की वैचारिकी रखने लगे। कवि बंकिमचन्द्र की लिखी हुईं ये बहुत पुरानी पंक्ति थी जिसके माध्यम से वे देश भक्ति का भाव फैलाने लगे।

व्यालोक पाठक ने इस विषय को मिथक के सहारे उठाया। वैसे तो वे जर्मन भाषा के छात्र थे, लेकिन मैथिल ब्राह्मण थे। योग, तन्त्र आदि में उनकी अभिरुचि

थी। उन्होंने पेरियार और कावेरी हॉस्टल के बीच की ख़ाली जगह पर दुर्गा की प्रतिमा स्थापित की। उसकी विधिवत स्थापना कर पूजा-पाठ प्रारम्भ कर दिया गया। धीरे-धीरे वहाँ विशेषत: लड़कियों की भीड़ बढ़ने लगी और देखते-ही-देखते अच्छा-ख़ासा मजमा इकट्ठा होने लगा। हालाँकि कॉमरेडों ने शीघ्र ही इसकी काट रखी और सामने महिषासुर की मूर्ति रखकर राजनैतिक विद्वेष को बढ़ाने लगे।

आप याद करें, तो यह ठीक वही समय था, जब इसी नक़ल पर देशभर में कॉमरेडों ने महिषासुर की पूजा आरम्भ की और दुर्गा पूजा के प्रतिक्रियावादी प्रतीक को रखने लगे। वे ऐसे ही थे। मिथक को ट्विस्ट करना उन्हें आता था। महिषासुर के प्रतीक को उन्होंने दलित समुदाय के साथ जोड़ा और दलित राजनीति में पैठ बनाने लगे।

उधर, पुष्कर मिश्र ने सीधा वैचारिक रास्ता पकड़ा और 'कॉमरेड भारत छोड़ो' की मुहिम के साथ निकल पड़े। वे कहीं भी खड़े हो जाते और इतिहास में कॉमरेडों के कुकृत्यों को उजागर करने लगते। लोग उन्हें सुनने को जुटने लगे। उन्होंने इतिहास से उन तथ्यों के सहारे यह सिद्ध किया कि वामपन्थी एक बाहरी विचारधारा है तथा इसका भारत के जीवन से कोई सम्बन्ध नहीं है। भारत की आज़ादी में उसका कोई योगदान नहीं है। सन् बासठ के हमले में इन कॉमरेडों ने चीन का साथ दिया था। ये भारत की संस्कृति और सभ्यता को कुछ नहीं समझते हैं। उनका यह जुमला बेहद पसन्द किया गया कि 'जब रूस में बरसात होती है तो भारत के कॉमरेड पैजामा उठा लेते हैं।'

इधर मैंने 'थिंक इंडिया' के माध्यम से नुक्कड़ नाटक आदि माध्यमों से इस अभियान को जारी रखा। जगह-जगह कुछ लड़के-लड़कियों के एक ग्रुप ने सांस्कृतिक विषयों पर रूपक गढ़े एवं उनका प्रदर्शन किया गया। इन प्रदर्शनों को काफ़ी पसन्द किया गया।

इन अभियानों का कैंपस में जबर्दस्त प्रभाव पड़ा। इसे 'भारत माता के चार लाल' के रूप में कैंपस में जाना गया। जगह जगह पोस्टरों में हमारी तस्वीरें लगीं और जुलूसों में हमें कन्धे पर उठाया गया। देश की मीडिया ने भी इसकी खूब चर्चा की। कैंपस में वामपन्थ के विरोध में इतना बड़ा आन्दोलन इतिहास में नहीं देखा गया। कहते हैं कि इससे पूर्व 'फ्री थिंकर्स' ने ज़रूर वाम को थोड़े बहुत घाव दिये थे पर उसे कॉमरेडों ने डीफ्यूज कर दिया था। फ्री थिंकर्स के ज्यादतर कैडर वाम से ही आये थे और विचारों में उनमें बहुत अन्तर भी न था। लेकिन हमारा आन्दोलन एक

अलग वैचारिक बुनियाद पर था। जेएनयू में देश की साख को रखना और बचाना ही हमारा लक्ष्य था।

और इन्ही सब के बीच छात्र संघ चुनाव आ गया। यह जेएनयू के इतिहास का अद्‌भुत चुनाव था। वामपन्थी छात्र दलों में फूट पड़ चुकी थी। दो की जगह अब चार वाम दल चुनाव में थे। उन सबको समेटते हुए व्यालोक ने उन्हें 'चोर चोर मौसेरे भाई' की संज्ञा दी।

जेएनयू में छात्र संघ चुनाव की सारी कुंजियाँ कॉमरेडों ने अपने हिसाब से बना ली थीं। सारे चुनाव अधिकारी उनके कैडर के ही थे। लेकिन इस बार हम लोगों ने उसमें सेंध लगायी। देशभक्तों की एक टोली उसके भीतर जा चुकी थी। अब वे मनमाना नहीं कर सकते थे। आवाज़ उठाने वाले लोग उनके भीतर थे।

अध्यक्षीय उद्‌बोधन की शाम हमारे अध्यक्षीय प्रत्याशी ने वामपन्थ के काले सच को सबके सामने रखा। चीन की निरंकुश वामपन्थी सरकार का उसने पर्दाफास किया। बंगाल की वाम सरकार द्वारा दलित छात्रों के नरसंहार की घटना को उसने सबके सामने रखा। 1962 की लड़ाई में जिस तरह निर्लज्जता से कॉमरेडों ने दबी जुबान चीन का साथ दिया, वह भी किसी से छिपा नहीं था। उसने कहा की भारत में विश्वविद्यालय कैंपसों में देश तोड़ने के नारे लगाने वाले वामपन्थी अपनी हर हरकत को अभिव्यक्ति की दुहाई देकर सही ठहराने का प्रयास करते हैं। लेकिन उन्हीं विश्वविद्यालयों में उन्होंने राष्ट्रीय विचारों के विद्यार्थियों को कभी भी बोलने की आज़ादी नहीं लेने दी। बोलना तो छोड़िए, पाठ्यक्रमों में कम्युनिस्ट प्रोपेगेंडा घोल कर उन्होंने न सिर्फ़ थियानमेन जैसी घटनाओं को छिपाया, बल्कि छात्रों का 'ब्रेन-वाश' करके उनकी सोचने की आज़ादी तक छीन ली। आज यही माओवादी अनेक रूप लेकर भारत में लोकतन्त्र को कुचलते हुए चीन की व्यवस्था को लाना चाहते हैं। अबूझमाड़ और जंगल महल में हथियार पकड़ने वाले माओवादी और शहरों में कलम अथवा माइक पकड़ने वाले 'अर्बन नक्सल' एक ही हैं। देश में यह सच्चाई सामने आ चुकी है।

उधर, वामपन्थी अध्यक्षीय प्रत्याशी बस क्रान्ति-क्रान्ति चिल्लाता रह गया। सवाल जवाब सत्र में भी वह कई बार लटपटाया और गलत जवाब दिये। वह शायद शराब पीये हुए था। उसे कई बार चुनाव अधिकारी द्वारा टोका गया। श्रोताओं द्वारा हूट किया गया। गुस्से में नशे में उसने मंच से यह कह दिया कि बिरोधियों को

छह इंच छोटा कर देंगे। यह एक फूहड़ मुहावरा था जिसका ग़लत सन्देश गया। विशेषकर छात्राओं ने इसका विरोध किया।

ज़ाहिर है, उद्‌बोधन की उस रात कॉमरेडों में अजीब बेचैनी देखी गयी। हथियार बन्द नक्सल कैंपस में घुस आये थे। विद्यार्थी यह देख डरे हुए थे। कॉमरेडों के अलावा अन्य दलों ने जुलूस नहीं निकाले। कुछ निकले भी तो डर के मारे लोग उनमे से ग़ायब थे। रात दो बजे गंगा ढाबा पर चाय पीते हुए मेघनाथ चौहान ने मुक्तिबोध की पंक्ति पढ़ी–'पत्ते न खड़कें, नक्सलियों ने घेर ली हैं, जेएनयू की सड़कें।'

अन्ततः चुनाव सम्पन्न हुआ और मत पेटियों में बन्द हो गया। मतगणना की रात कत्ल की रात थी। अन्दर स्कूल बिल्डिंग में मतगणना चल रही थी तो बाहर आमने-सामने भिन्न-भिन्न दलों के टेंट थे जिनमे समर्थक छात्र जमे हुए थे। 'क्रान्ति ज़िन्दाबाद' के नारे को उसी ऊँचाई पर काटता नारा 'भारत माता की जय' गूँज रहा था।

सुबह-सुबह अन्दर से ख़बरें आयीं कि चारों सीटें दक्षिण पन्थी विद्यार्थी परिषद् जीत गयी है। यह इतिहास में पहली बार हो रहा था। सो! हम सबने ने आसमान सिर पर उठा लिया। वन्देमातरम् और भारत माता की जय के नारों से दिल्ली गूँज उठी।

लेकिन यह इतना आसान नहीं होने वाला था। कॉमरेडों में हलचल बढ़ गयी थी। उनके थिंक टैंक बाहर निकल आये थे। आचार्य जैसे रणनीतिकारों ने साजिशें आरम्भ कर दी थीं। चुनाव अधिकारी उन्हीं के समर्थक थे। और अचानक घोषणा हुई की मतगणना पुनः होगी। हमने इसके ख़िलाफ़ आवाज़ उठायी पर उसे सुनने वाला कोई न था। लेकिन इस बीच कैंपस जाग चुका था और हमारे टेंट में विद्यार्थियों का विशाल समुदाय समर्थन में आ पहुँचा था। कॉमरेड दबाव में आ चुके थे। अन्ततः वे अध्यक्ष पद पर ही घालमेल कर पाये और एक वोट से अपने प्रत्याशी को विजयी घोषित करा दिया। शेष तीन पद–उपाध्यक्ष, जनरल सेक्रेटरी और जॉइंट सेक्रेटरी के पद अखिल भारतीय विद्यार्थी परिषद् के पक्ष में आये।

कॉमरेडों की नाक कटते-कटते बची थी। यह उनके लिए बहुत बड़ा झटका था। पोलित ब्यूरो में हड़कम्प मच गया था। आचार्य जैसे रणनीतिकारों को तलब किया जा चुका था। क्रान्ति को इससे एक बड़ा झटका लगने वाला था।

ज़ाहिर है इस नुकसान की भरपाई हेतु नीतियों पर विचार-विमर्श शुरू हो गया। जिन तीन पदों पर दक्षिणपन्थ जीता था। उन प्रत्याशियों के ख़िलाफ़ साजिश की जाने

लगी। कॉमरेडों ने अपनी छात्रा ब्रिगेड को क्रियाशील किया। उपाध्यक्ष एवं जॉइंट सेक्रेटरी पद के जीते प्रत्याशी पर सेक्सुअल हरासमेंट का केस किया गया। जाँच समिति में चूँकि सारे कॉमरेड ही थे सो उसे सही साबित कर न केवल उन्हें पदमुक्त किया गया अपितु यूनिवर्सिटी से रिस्टिकेट भी कर दिया गया। जनरल सेक्रेटरी पद पर जीती महिला प्रत्याशी का कॉमरेड लड़कियों ने हॉस्टल में जीना दूभर कर दिया गया। उसके ख़िलाफ़ अफ़वाहें उड़ायी गयीं कि वह शराब पीती है, सिगरेट पीती है। उधर, उसके विभाग के शिक्षकों ने उसे विषय में फेल करना शुरू कर दिया। वह इतनी विक्षिप्त-सी हो गयी कि उसे डॉक्टर की शरण लेनी पड़ी और अन्ततः एक दिन उसके माँ-बाप आकर उसे घर ले गये।

छात्र संघ को डिफंक किया जा चुका था। अब बारी थी रणनीतिकारों को सबक सिखाने की। सबसे पहले अशोक शर्मा को घेरा गया। कैंपस के बाहर किसी शाम उन्हें पकड़ा गया और इस कदर पीटा गया कि उनके फेफड़े फट गये। एक आँख की रोशनी चली गयी। कई दिन अपंग हालत में वे हॉस्टल के एक कमरे में पड़े रहे और एक दिन अपने गाँव निकल चले।

व्यालोक पाठक के साथ तो और भी बुरा हुआ। उनकी वजह से दुर्गा पूजा कैंपस में कल्ट बन चुका था सो उनके लिए कठोर दण्ड तय किया गया था। छुट्टियों में जब वे अपने गाँव गये तो वहाँ एक दिन अपने खेत में नहर का पानी लगा रहे थे। कहते हैं कि नक्सल लोगों ने उन्हें उसी खेत में घेरा और पहले तो जम के पिटाई की फिर माथे में बीचोबीच गोली मार कर उनकी जान ले ली।

पुष्कर मिश्र चूँकि राजनीति में काफ़ी आगे निकल चुके थे। सो उन्हें दक्षिणपन्थी पार्टी ने अपने संरक्षण में ले लिया। वे केन्द्र में प्रवक्ता बन कर चले गये। पढ़ाई भी उन्होंने छोड़ दी। वे साफ़ बच गये।

रह गया मैं जो आचार्य की आँखों में बेतरह खटक रहा था। कुछ दिनों के लिए मैंने कैंपस छोड़ दिया और शहर में ठिकाने बदल-बदल कर रहने लगा। इस बीच कॉमरेड अपनी सफलता के नशे में चूर हो गये। चुनाव दोबारा कराये गये और सारे पद उन्होंने जीत लिये। धीरे-धीरे उन्हें मैं विस्मृत हो गया। लेकिन आचार्य मुझे नहीं भूल पाये थे।

अब मैं उन्हें खटक रहा था। क्लास में मुझे घूरते हुए एक दिन वे लेक्चर दे रहे थे–'विचारधारा के प्रति प्रतिबद्धता अखण्ड होनी चाहिए। वह जीवन के साथ सम्बद्ध

होनी चाहिए और विचारधारा का आशय है—वामपन्थ अर्थात मार्क्स के विचारों को जो धारण करे। शेष सब बकवास है, निरर्थक है। क्रान्ति के इस अनुकूल समय में दूसरी किसी विचारधारा की कोई उपयोगिता नहीं। दूसरे, वे चाहे कोई भी हों, नर्क समान हैं। उनका विरोध करना चाहिए, उन्हें विकृत करना चाहिए। उनको अपने में समाहित कर लेना चाहिए, अन्यथा स्थिति में उन्हें ख़त्म कर देना चाहिए।'

आचार्य की बातों को सुन सारी क्लास दंग और भयभीत थी। पर मैं अब उनसे डरता न था, बल्कि उन पर दया आती थी।

लूम्पेन

विभाग में आचार्य मुझे लूम्पेन घोषित कर चुके थे।

लूम्पेन शब्द जेएनयू में एक हिकारत भरा शब्द था। वामपन्थी वैचारिकी में इसका आशय था–वह जो कार्ल मार्क्स के विचारों को न मानता हो; क्रान्ति में यकीन न करता हो; और इन दोनों ही अर्थों में मूर्ख। किन्तु इसका अर्थ और भी व्यापक था–अर्थात वह जो रूढ़िवादी हो; जो ब्राह्मणवादी हो; जो सामन्तवादी हो; जो दलित विरोधी, स्त्री विरोधी, आदिवासी विरोधी और इस प्रकार अप्रगतिशील हो; जो परम्परागत भारतीय ज्ञान और मनीषा को मानता हो; जो वामपन्थ का अनुसरण न करे; जो पदार्थ के ऊपर आत्मा जैसी अमूर्त चीज़ को मानने वाला हो।

साहित्य के भीतर भी लूम्पेन लोगों की पहचान आचार्य ने तय कर रखी थी–वह जो तुलसीदास को मानता हो कबीर को नहीं; जिसकी रस आदि भारतीय सिद्धांतों में रूचि और आस्था हो; वह जो साहित्य के विचारधारात्मक होने का विरोध करे; यहाँ तक कि वह भी जो वामपन्थी कैडर न हो।

हिन्दी विभाग में आचार्य के डर से कोई भी विद्यार्थी दक्षिणपन्थी संगठन जैसे एबीवीपी आदि की सदस्यता लेना तो दूर उससे मेल जोल तक से डरता था। मुझसे पहले बस एक सीनियर प्रमोद सिंह ने यह हिमाकत की थी। जिसका परिणाम यह हुआ था कि आचार्य ने उन्हें लूम्पेन घोषित कर कई पेपरों में फेल करा दिया था। कई दिन तक प्रमोद जी परेशान रहे। कहते हैं कि बदला लेने के लिए एक दिन उन्होंने आचार्य के चैंबर में साँप छोड़ दिया था। आचार्य उस घटना से डर गये थे और खुल्लम-खुल्ला प्रमोद जी को कुछ न कहते थे। प्रमोद जी ने जल्द ही अपनी पढ़ाई पूरी करने में अपनी भलाई समझी और अकादमिक छोड़कर बिजनेस करने लगे।

फिलहाल विभाग में एकमात्र लूम्पेन बस मैं ही बचा था। वह मुझे जहाँ भी देखते लूम्पेन कहते और हो-हो हँसते। वे विभागाध्यक्ष अब न थे पर हर कोशिश करते कि मुझे जेएनयू से निकाल दिया जाये।

एक ऐसा ही मौका उन्हें तब मिला जब मेरा प्री पीएच.डी. सेमिनार हुआ। वे पूरी तयारी से आये थे। उनके कॉमरेड शिष्य भी साथ थे। कुछ दूसरे विभागों के कॉमरेड भी थे।

'साहित्य में भारत बोध' नामक अपने पीएच.डी. शोध में मैंने यह सिद्ध करने की कोशिश की कि आज हम अपने साहित्यिक स्वत्व से बहुत दूर निकल आये हैं। औपनिवेशिक वामपन्थी दृष्टि ने हमें अन्धा कर दिया है। हमने साहित्य को वस्तुनिष्ठ समाजशास्त्र में तब्दील कर दिया है। परम्परागत भारतीय साहित्यिक मूल्यों को सेलेबस से निकाल फेंका है। हमारे आदर्श तुलसी होने चाहिए थे, लेकिन हमने उन्हें प्रतिक्रियावादी घोषित कर दिया है, जबकि कबीर की कतिपय कटुक्तियों को साहित्य के केन्द्र में रख दिया है। साहित्य का अध्यात्म से सम्बन्ध हमने खत्म कर दिया है जबकि ऐसा पहले कभी न था।

मैंने स्मृति को साक्षी कर कहा कि याद करें गीता में कृष्ण का विराट ब्रह्म-स्वरूप, जो सिर्फ़ एक रूपक है तथा जो हर महान साहित्यिक कृति में अन्तर्निहित रहता है। जिस तरह अर्जुन अपनी 'मिनिएचर' दुनिया से उठकर हठात असंख्य सूर्यों, सृष्टियों, युगों से साक्षात करता है और उस असाधारण अनुभव के परिप्रेक्ष्य में अपनी क्षुद्र पीड़ाओं और शंकाओं से मुक्ति पा लेता है—मानों घोर निविड़ अँधेरे में हमें कोई ऐसे सत्य का सूत्र मिल जाता है जो भ्राँतियों के कुहरे को छाँट देता है और फिर हम इसी जीवन में एक नये अन्तर्लोक की किरण पा लेते हैं। साहित्य के आत्म-सत्य का 'भारतीय अधिष्ठान' यही है। इससे साक्षात्कार के बाद जो अनुभव होता है उसे उचित ही 'आध्यात्मिक अनुभव' कहते हैं, जहाँ बाँटने वाली समस्त विभाजन रेखाएं एक उन्मत्त लहर में डुबो जाती हैं और खुद भी उसमें डूब जाती हैं।

कुल मिलाकर मेरे प्रबन्ध का निष्कर्ष यह था कि विदेशी विचारधाराओं के फैशन से हमें मुक्त होना होगा और अपने साहित्य को पुनः भारत बोध से जोड़ना होगा तभी वह फिर से जन मन में लोकप्रिय होगा।

किन्तु मेरी बात खत्म होते ही आचार्य के कॉमरेड शिष्यों ने टोका-टोकी शुरू कर दी। यह पहले से प्लान था। अंग्रेज़ी के उद्धरण दे देकर मेरी थीसिस को अपूर्ण साबित किया जाने लगा। और सबके बाद आचार्य ने अन्तिम टिप्पणी की—'इन

महोदय का शोध न केवल अपूर्ण है अपितु हास्यास्पद है। मानक शोध की कसौटी पर यह खरा नहीं उतरता। वैज्ञानिक पद्धति की इसमें उपेक्षा की गयी है। अतः विभागाध्यक्ष महोदय से आग्रह है कि इन्हें इसे दोबारा लिखने का निर्देश दिया जाये; बल्कि मैं तो कहता हूँ की इनका पंजीकरण ही निरस्त किया जाये, क्योंकि ऐसी पतनशील विचारधारा पर लिखा हुआ शोध किसी काम का नहीं। इससे विभाग की घोर बदनामी होगी।'

मैं अवाक् था। आचार्य हो-होकर हँस रहे थे। विभागाध्यक्ष सन्नाटे में आ गये थे। मेरे स्वयं के गाइड चुप रहे। किन्तु अध्यक्ष ने पंजीकरण निरस्त करने का आदेश न देकर शोध दोबारा लिखने का आदेश दे दिया।

यह एक कठिन कार्य था। अपने मन का मैं लिख चुका था। आचार्य के मन का लिख नहीं सकता था। परेशानी के इस दौर में पार्थसारथी रॉक पर बैठा रहता। यह तो निश्चित था कि आचार्य की उपस्थिति में शोध प्रबन्ध का पास होना असम्भव था।

लेकिन यह मौक़ा भी देव योग से मुझे मिल गया। आचार्य एक महीने की छुट्टी पर विदेश निकल गये थे। मैंने दूसरे ही दिन प्री पीएच.डी. सेमिनार हेतु पुनः आवेदन दे दिया। विभागाध्यक्ष ने कृपा कर अगले ही हफ़्ते डेट दे दी।

यह इतना बढ़िया प्लान हुआ कि आचार्य के चेलों को भी कानों कान ख़बर न हुई। सेमिनार सफल रहा और मुझे पीएच.डी. जमा करने की अनुमति मिल गयी।

और वह दिन मैं कैसे भूल सकता हूँ, जब पीएच.डी. जमा का प्रमाणपत्र लेकर मैं प्रशासनिक भवन से निकल रहा था। सामने आचार्य खड़े थे। मैं पहले तो हकबकाया पर सहज हो उनके पैर छुए और प्रमाणपत्र उनके हाथों में दिया। उसे देख वे धुआँ हो उठे। पान की पिचकारी गमले में थूक दी। प्रमाणपत्र वे बार-बार पढ़ते रहे। फिर मुझे पकड़ा दिया। फिर वे मुझे कोने में ले गये और बोले–'इससे कुछ नहीं होता। पीएच.डी. की डिग्री लेकर लाखों सड़क छान रहे हैं। असली बात है नौकरी और जब तक मैं हूँ वह तुम्हें मिलने से रही। तुम मेरी निगाह में लूम्पेन हो और हमेशा रहोगे। तुम जैसे दक्षिणपन्थी आर्थोडाक्स के लिए शिक्षा जगत में कोई जगह नहीं होनी चाहिए। मैं भी देखता हूँ कि भविष्य में तुम किस साक्षात्कार में किसी कॉलेज या यूनिवर्सिटी के लिए सेलेक्ट होते हो?''

यह धमकी देकर वे निकल गये। मैं सन्न उन्हें जाते हुए देखता रहा।

कैंपस में आचार्य से यह अन्तिम मुलाक़ात थी। पीएच.डी. जमा करने के बाद जेएनयू में बस एक महीने का समय मिला बोरिया बिस्तर समेटने को। और अन्ततः

हास्टल छूट गया और बाहर शहर में कमरा लेकर अनन्त साक्षात्कारों की उस दुनिया में सचमुच मैं चला गया। जहाँ आचार्य से टकराहट इतनी बढ़ जायेगी कि उसका अन्देशा भी न था।

दुनिया का एक बेहद शक्तिशाली और ख़ौफ़नाक कमरा

हिमालय में स्थित एक यूनिवर्सिटी में यह पहला साक्षात्कार था, जहाँ से यह कहानी एक नया मोड़ लेती है।

उस घटना की स्मृति आज भी एकदम साफ़ है। मध्य हिमालय की, वह एक ऐन्द्रजालिक सुबह थी। सुबह के आसमान का उजला नीला रंग, मेरी बहती भावनाओं को जगह-जगह रोकते खड़े नियति के प्रश्न-चिह्नों को, आशाओं के रंग में रँग रहा था। पहाड़ की चोटियों पर, यहाँ-वहाँ, अब-तब, कामिनी-सी खिलखिलाती, धुत-सी लेट जाती धूप मुझे बाँहें पसार बुलाती और गुम हो जाती। वह बादलों से डरती और मैं तुंग चोटियों से। चोटियों से नीचे, उनकी पनाहों में, एक बहता-सा ठहराव था। यह अलकनन्दा थी–गंगा का अन्तर-मन। उसकी धवल जल-रश्मियों को छू नीले रंग की ताक़त बढ़ती और मेरा मन निश्चिन्तताओं की बाहों में, टेढ़े-मेढ़े रास्तों, बहता चला जाता।

अलकनन्दा के किनारे, उजालों के बीच अन्धकूप-सा खड़ा, साँय-साँय करता, मायावी वह विशाल भवन था जिसके एक कमरे में मेरे सपने, केंचुए-से रेंगते, घुसने की जिद कर रहे थे। पर सपनों पे पहरा था। उन्हें गलियारे में रोक लिया गया था। कई दूसरे सपने भी वहाँ ठिठके खड़े थे–एक दूसरे से मुँह फेर, बजबजाते केंचुए... सब सपनों का रंग-रूप एक था, पर मिज़ाज जुदा। सबको अपनी बारी का इन्तज़ार करना था।

सपने और हकीकत के बीच वो कमरा था जो हिमालय से भी ऊँचा, पथरीला, कँटीला और दुर्गम था।

सबकी निगाहें उसके दरवाजे पर टिकी थीं। एक तिलस्मी दरवाजा, जो मुझे, मुँह बातें और बन्द करते, अजगर-सा लग रहा था। बीच-बीच में बज उठती बेल फुफकारों की सिहरन दौड़ा जाती। कमरे से बाहर निकलते हर चेहरे को देख मुझे

सुकून होता। मैं निश्चिन्त हो जाता। पर, दो घण्टे की उस धुक-धुक प्रतीक्षा से हज़ार मौतें भी अच्छी थीं। फ़ाइलें वहीं फेंक अलकनन्दा के शीतल जल में डुबकियाने का मन करता।

सदियों के बाद, बारी आने पर, उचाट मैं अन्दर घुसा। सुसज्जित उस कमरे में, अँधेरा प्रकाशित था। अजीब-सी गन्ध थी। एक गन्ध, जो आपमें उदासियाँ भर दे। जिससे आप फैले नहीं, सिकुड़ जायें। जो आपकी भावनाएँ सुला दे, सोच को रोक दे। उफ्फ! एक कमरा, जिसमें घुटन लगे, जाने का पछतावा होने लगे, जहाँ से भाग आने का मन करे। घुसते ही जहाँ उबकाईयाँ आने लगे, आप असहज होने लगें। जहाँ होने की वजह सिर्फ़ एक मजबूरी हो। जहाँ सपनों से भी बाहर आने का मन करने लगे।

दुनिया का एक बेहद शक्तिशाली और ख़ौफ़नाक कमरा, जहाँ सपनों के साथ खेला जाता हो।

काश ये कमरा कोई बदल सकता! किसी भूकम्प से यह ध्वस्त हो सकता। कोई जलजला इसे मिटा सकता। कोई बाढ़ इसे समुन्दर में बहा ले जा पाती। आतंकियों के पनाहों के शक में, किसी अमेरिकी हमले में यह जमींदोज हो जाता।

कमरे में, मेरे सपने के मुकाबिल, गोलाकार मेज़ के उस ओर, कुण्डली मारे, वे पाँच बैठे थे। आँखों में पहाड़ बसाये, अध्यक्ष जी बीच में थे–गालों से बीयर की ललाई बिखेरते, मेरे दिमाग को घूरते। उनके दाहिने आचार्य थे–कमनीय काया लिए, धवल वस्त्र, माथे पर टीका, पान को क्रूरता से दँतियाते तथा गुलगुलाते, अपने होने के आतंक को डुगडुगाते। आचार्य के दाहिने, स्मार्टी (बकौल अध्यक्ष जी) थे– वे कातिल हँसी के साथ मुझे देखते। अध्यक्ष जी के बाएँ मैडम जी बैठी थीं। उन्हें देख मुझे पहाड़ों के पन्त याद आये–'शान्त स्निग्ध ज्योत्सना उज्ज्वल, अपलक अनन्त नीरव भूतल'। मैडम के बायें तथा अपने को उनसे सटकर बैठा दिखाते उनमें क्या था? नहीं कह सकता। पर वे मुझे जानी दुश्मन से लगे। मैं उदास हो आया। सपना निंदियाने लगा।

उनके आगे सहमा, डरा, बेबस, क़िस्मत का मारा, बेचारा फिर भी अपने को किसी तरह समेटता मैं कुर्सी पर बैठा था। सामने दीवाल पर गांधी जी का फोटो टँगा था। ठीक उनकी छाती पर एक कीड़ा सन्न बैठा था। दीवार से चिपकी छिपकली उसे सम्मोहित कर रही थी। कमरे की एकमात्र खिड़की खुली थी तथा

दूर अलकनन्दा के उस पार एक मन्दिर झलक रहा था, जहाँ रामचरितमानस के कीर्तनियों का अहर्निश पाठ जारी था।

यह अदब की दुनिया के उस्तादों की भर्ती हेतु लिए जाने वाले इंटरव्यू का कमरा था। इसे अक्षरों के एक विदेशी कीमियागर ने माँ की छातियों की तरह दुनिया का पवित्रतम स्थल माना है। यहाँ, मेरे साथ हुआ यह पूरा वाकया हिन्दी की उन जुबानों में हुआ जो दुनिया की शुरुआती आसमानी किताबों के लफ़्ज़ों से आशनाई रखती हैं।

उधर, मन्दिर में कीर्तनियों ने सम्पुट-गान किया–'मंगल भवन अमंगल हारी। द्रवहुं सो दशरथ अजिर बिहारी।।' और इधर मेरा अमंगल-काण्ड शुरू हुआ।

'क्या हाइट होगी आपकी?'–हिटलरी आवाज़ में अध्यक्ष जी ने पूछा।

'जी, पद के लिए पर्याप्त है।'–खिड़की से आती शीतल पहाड़ी हवाओं ने चुपके से ये जवाब बताया मुझे।

'यह क्या जवाब हुआ?'–वे गुर्राये। हवाएँ खिलखिलाती भाग चलीं।

सोचा पूँछू कि यह क्या सवाल हुआ। फॉर्म में तो लिखा था नहीं। इस नौकरी के लिए हाइट की क्या बन्दिश? अपने गुरु तो नाम-मात्र के हैं। पर मन्दिर से आती चौपाइयों ने चुप करा दिया–

'होईहईं सोई जे राम रचि राखा। को करि तर्क बढ़ावई शाखा।।'

'देखो बबुआ, जो पूछा जाये वही जवाब दो। फालतू का समय मत ख़राब करो। अभी डेढ़ सौ बाहर उभ्यर्थी इन्तज़ार में बैठे हैं।'–हवा, पानी, धूप, प्राण सब रोकते आचार्य जी ने घुड़का।

'जी,पाँच फुट सात इंच।'–मुझे ढूँढ़ती, कमरे में अचानक आ पहुँची कामिनी धूप ने बचाने का प्रयास किया मुझे। मैं क्या करता?

'लग तो नहीं रहे।'–शातिर शंकालु आचार्य ने दूसरा पान चबाया। उदास धूप मेरे गाल सहला हाथ मलते धीरे से निकल गयी।

'जी, एकदम हूँ।'–बेबस, अकेला मैं, हँसा।

'अरे हाँ! ऐसे ही मान लूँ। मैंने भी आँखों से दुनिया देखी है।'–वे दहाड़े।

'क्षमा करें सर। आपका तर्क मैं समझा नहीं? मैं आँखों देखी नहीं बल्कि इंच-टेप से नापी हाइट बता रहा था।'–नाभि से साहस खींच मैंने सही बोला।

'जुबान को काबू में रखो। चुप रहो। झूठ मत बोलो।'–वे पटक कर चढ़ बैठे। उनके शब्द, कालिया नाग से फुफकारते दीवारों पर चक्कर लगा रहे थे।

'झूठ मत बोलो... झूठ मत बोलो... झूठ मत बोलो...'–वे सब पटक कर चढ़ बैठे। चार-चार कालिया नाग फुफकारते दीवारों पर चक्कर काट रहे थे और एक नागिन भी। हे केशव!

'जी, इसीलिए तो मैंने पहला वाला जवाब दिया था।'–भयभीत केंचुए-सा कुंडली मारे बैठा, मैंने अन्तिम प्रयास किया।

'अब बस! गलती मानना सीखो।'–फन काढ़े अध्यक्ष जी नरमे।

और कीर्तनियों ने धीमे स्वर में पार्वती-विलाप शुरू किया–'कहि न जाई कछु हृदय गलानी। मन महुं रामहि सुमिर सयानी।।' और ग्लानि के समुन्दरों में मैं डूब गया। चुप्पियों को हिमालय से दबा दिया। सपनों को उनके चरणों पे रख दिया।

'अच्छा बताओ, रिसर्च किसके अंडर में किया।'–हो हो हँस आचार्यवर गरम मोम-से पिघले।

'जी, श्री मान्यवर पाण्डेय के अंडर में।'–'अब क्या होगा?' भाव से मैं बोला।

'ये क्या नाम हुआ?'–वे चौंके, सब जानते हुए भी।

'जी, उनका यही नाम है।'–फिर बोला मैं।

'हाँ, वह तो ठीक है। पर यह भी कोई नाम हुआ।'–अध्यक्ष जी सिर खुजाते हुए बोले।

'जी, अब इस पे मैं क्या कहूँ।'–फिर मायूस मैं।

'अरे कैसे नहीं कहूँ? हर बात का एक जवाब होता है महाशय।'–सचमुच बनावटी गम्भीरता से स्मार्टी बोले।

मैं एक चुप, हज़ार चुप। कीड़ा ठिठक चुका था। छिपकली ने एक क़दम आगे बढ़ाया। उसके सपने में कीड़ा उसके पेट में था। अपने सपने में कीड़ा गांधी की छाती से उड़ अध्यक्ष की खोपड़ी पर बैठा था।

'ऐसे चुप रहेंगे तो पढ़ायेंगे क्या खाक!'–मैडम के हाथ-पर-हाथ रखते जानी दुश्मन बोले।

पढ़ाना मेरा पैशन था, मेरी पवित्रता, मेरा मकसद। गड्डमड्ड-सा मैं अन्दर उतरता गया।

'भाई आप तो हद हैं। अच्छा चलिए यह बताइए कि रिसर्च में टॉपिक क्या था?'–करुणा कर करुणानिधि आचार्य बोले।

'जी, हिन्दी कथा भाषा।'–बेमन मैं बोला और आधा चौपाइयों ने जोड़ा– 'पीपर पात सरिस मन डोला।'

'टापिक नितान्त ग़लत है।'–साड़ी के पल्लू को कोंछ में बाँधती मैडम बोलीं। खिलखिलाती हुई मन्दिर से आती एक प्यारी चौपाई निराश हो उल्टे पाँव वापस लौट गयी।

'जी?'–मैं अवाक्...हवा लाक...धूप का सीना चाक...और पहाड़, अलकनन्दा में छपाक...छपाक...छपाक...

'हाँ, ग़लत है।'–आवाज़ों से बेख़बर, सब को सुनाते वे फिर बोलीं।

'क्या पकड़ा है मैडम! अहह! पूरा डीप गयी हैं साहित्य में। आप एकदम सही कह रही हैं। कहती रहें।'–चूना चाटते आचार्य ने चढ़ाया उन्हें।

'जी, लेकिन पाण्डे जी हमारे समय के बड़े साहित्यकार हैं। उनसे ऐसी गलती?'–पहाड़ों को वापस उठा-उठा रखते, हाँफ़ते, विस्फारित नेत्रों, मैंने कहा।

'हुँह, पाण्डे जी! मैंने कहा कि टॉपिक आपका ग़लत है तो ग़लत है। वह यूँ होना चाहिए था–हिन्दी के कथा साहित्य की भाषा।'–बालों को पीछे झटक, मानों पहाड़ों को पानी में वापस ढकेलते, सगर्व सबको सुनाया उन्होंने।

'जी, पर कथा और भाषा के बीच साहित्य का वजूद अंडरस्टूड है।'–अंगद की तरह, पहाड़ों पर पैर जमा मैं चुनौती दे रहा था...जौ मम चरन सकसि सठ टारी... फिरहिं राम सीता मैं हारी...

'पर मुझे वह अंडरस्टूड नहीं होता।'–चौपाइयाँ चिल्लायीं–'बोली पापिन बैन।'

'जी, आपका संशोधन कुछ ऐसा हुआ जैसे वेश्या के पहले स्त्री लगाना यानी स्त्री-वेश्या'–वाह रे मैं!

और मन्दिर से आती चौपाई–'नहिं कोऊ अस जन्मा जग माही। प्रभुता पाई जाहि मद नाहीं।।'–के साथ कमरे में इसी समय वह महा-विस्फोट हुआ...

'क्या? क्या कहा तुमने? वेश्या कहा? तुमने मुझे वेश्या कहा?'–वे लगभग चिल्लायीं।

'नहीं मैम। आपने शायद ग़लत समझा। मुझे माफ़ करें। मैं स्वप्न में भी ऐसा नहीं सोच सकता। अचानक याद आ गया यह एक उदाहरण भर था।'–मैं हकलाया। अन्दर की हँसी और बाहर के डर के बीच झूलता।

'नीच, तुझे शर्म नहीं आयी।'–बात बढ़ाते हुए, मैडम के कन्धे पर लगभग हाथ रखते जानी दुश्मन बोला।

छिपकली का ध्यान भंग हुआ। सम्मोहन टूटा। कीड़े में हलचल हुई। बचने का यही सही समय था।

'व्हाट हैपेंड? व्हाट हैपेंड?'–अध्यक्ष जी मज़ेदार रूप से अचम्भित थे।

'अब क्या बतायें कॉमरेड। देखिए, तो ज़रा हिम्मत। यह जनाब मैडम को वेश्या कह रहे हैं।'–आचार्य की आँखों में कुटिलता थी, बदमाशी थी और मीठी पर विनाशक शरारत थी।

'बताइए, एक भली, भोली, सुन्दर महिला की बेइज़्ज़ती कर रहे हैं। ऐसे लोग यूनिवर्सिटी का क्या करेंगें?'–स्मार्टी के चेहरे से कमीनापन टपका।

'डिड यू से दैट?'–अध्यक्ष दहाड़े।

'नो सर। आई हैव सिम्पली गिवेन एन इग्जांपल।'–अब मैं गम्भीरता से गिड़गिड़ाया।

'बेवकूफ समझे हैं का जी हम सबको। अंग्रेज़िया से हिन्दिया वाला अर्थ मत बदलिए। आप भारी मिस्टेक कर गये हैं।'–आँख नचाते, पान घुलाते आचार्य जी की शरारतें ज़ारी थीं।

'मिस्टर, आप माफ़ी मागिए मैडम से।'–अध्यक्ष का आदेश आया।

'पर मेरी ग़लती क्या थी सर। मैं समझ नहीं पा रहा।'–कठोर हुआ मैं।

'वह सब ही पकड़ने के लिए हम यहाँ बैठे हैं बाबू साहब।'–जानी दुश्मन की आँखें मैडम पे फिसल रही थी।

'ठीक है। अगेन, आँई ऐम सारी मैम।'–उदास मैं कह रहा था।

'अगेन का बे? दक्षिणपन्थी भुच्च...संघियों की औलाद...मान्यवरवा का पाप... मैडम वेश्या और तूँ केवल सारी...सीधा निकल यहाँ से और अलकनन्दा में डूब मर...पाजी...सूअर!...'–हास्यास्पद क्रोध में, पानक रस को यहाँ वहाँ छींटते, आचार्य का कठोर निर्देश आया। खिड़की तक आ पहुँचा मानस का अनुभव-वृद्ध दोहा, जुबान बन्द कर छिपकली के कानों के पास थका-हारा बैठ गया। जैसे आ के कोई ग़लती कर दी हो शायद!

'ग़लती नहीं थी फिर भी दो बार माफ़ी तो माँग ली मैंने। अब क्यों सजा? आप लोग मुझसे और कुछ पूछ लीजिए।'–मैं लगभग रोया।

'नो। यू जस्ट गेट आउट फ्रॉम हीयर।'--खड़े हो अध्यक्ष ने दुत्कारा।

'ये तो अजीब है।'–भाड़ में जाओ निर्मल वर्मा। चौपाइयाँ रोयीं–'सच हरि भजन जगत सब सपना।'

'गेट आउट। जस्ट गेट आउट यू बास्टर्ड।'–सब एक स्वर में चीखे।

फुफकारते विषधरों की कुण्डलियों में जकड़ा वह कमरा अब नाग-कुंण्ड-सा दृश्यमान हो रहा था।

मुँह चलाते छिपकली कीड़े को कचर-कचर चबा, हड़बड़, पेट में डाल रही थी। उसकी सभीत आँखें हमारी ओर थीं। जानी दुश्मन मैडम का हाथ पकड़े 'तुझे तो खा जाऊँगा' अन्दाज़ में मुझे देखते खड़ा था। स्मार्टी उन्हें छिपकली की तरह देख रहा था। आचार्यवर पान आत्मसात कर 'मैं आपको ख़ुश करता हूँ' भाव से दुखी मैडम की तरफ़ जा रहे थे। अध्यक्ष जी 'मैं ही यहाँ एकमात्र मर्द हूँ' मुद्रा धर मुझ पर चिल्ला रहे थे–'जाने कहाँ-कहाँ से आ जाते हैं। न जान न पहचान।' आचार्यवर ने जोड़ा–'न रस, न पान।'

और मुझे देखती, क्रोध से लहूलुहाई मैडम की नज़रों के सामने गिरती चौपाइयों में, पार्वती ने, शिव अपमान होता देख, बीच दच्छ सभा में आत्मदाह कर लिया–

'अस कहि जोग अगिनि तनु जारा। भयऊ सकल मख हाहाकारा।।'

आचार्य अपनी योजना में सफल हो चुके थे। सब कुछ मात्र पाँच मिनट में हो चुका था। उनकी लाल आँखें मेरी पीठ में तलवार की नोंक की तरह गड़ रही थीं। उनके चेहरों पर सन्तोष की रेखाएँ थीं जैसे कि उन्होंने जार के ख़िलाफ़ एक दूसरी सशस्त्र क्रान्ति सम्पन्न कर ली हो।

साइमन और सप्तशती

आचार्य को घूरता झटके से मैं उठ खड़ा हुआ। उदास व निराश, अजगर की जीभ को रौंदता लौट आया। बाहर अन्य उत्सुक सपनों को मेरा इन्तज़ार था। क्या हुआ, कैसे हुआ, जैसे प्रश्न थे। हताश हो मैं कुर्सी पर लुढ़क गया। मेरी दशा देख वहाँ प्रतीक्षारत कई सपनों के रंग बदलने लगे। एक मादा सपने के होंठों पर कुटिल मुस्कान थी। यह देख मैं दंग था। शैतानियत का सपनों तक दखल है। काश! एक जैसे इन सब सपनों में अपनापन होता।

वर्षों से संचित होती निराशा अब हिमालय बन चुकी थी। हृदय का पानी सूख रहा था। पथरीली आँखों को अलकनन्दा के जल से गीला करता रहा। अजगर का चेहरा आँखों में रह-रह कौंधता। मन के उत्थान-पतन का वह क्षण बेहद कष्टकारी था। आख़िर कब तक ऐसे ही चलेगा? इस शहर से उस शहर...इस कमरे से उस कमरे...कभी दो मिनट तो कभी पाँच...कभी यह नहीं आता तो कभी वह...कभी इसका पहले से सेट है तो कभी उसका...कभी उसकी बेटी का होना तय है तो कभी उसके प्रिय चेले का...आख़िर हो क्या रहा है ये सब?

केंचुए की ये चाल आख़िर कब तक? हर समाधान के आगे एक समस्या नज़र आयी मुझे। और तब अलकनन्दा के उस किनारे, अचानक, बिजली की तरह, निर्णयन सिद्धान्त के पुरोधा साईमन मेरे मन में कौंधे...व्हाट इज़ द प्राब्लम?...व्हाट आर दी अल्टरनेटिव्ज?...व्हिच अल्टरनेटिव इज दी बेस्ट?...और फिर न जाने कैसे, कब, कौन, निश्चयों की तरफ़ मुझे ढकेल रहा था। मैंने सुना-सप्तशती के मन्त्र मेरे होंठों पे ताण्डव कर रहे थे...

ओम एं आत्मतत्वं शोधयामि नमः स्वाहा...ओम ह्रीं विद्यातत्वं शोधयामि नमः स्वाहा...ओम क्लीं शिवतत्वं शोधयामि नमः स्वाहा...ओम एं ह्रीं क्लीं सर्वतत्वं शोधयामि नमः स्वाहा...

धमनियों में बहते सीधे, सरल ज्ञान के रक्त को सफ़ेद राक्षसों ने पहले तो ज़हरीला किया और फिर फूँक मार उसे उफना डाला। चेतना के चमकीले कमरों पर क़ब्ज़ा जमा सपने सक्रोध हुँकारने लगे। प्रतिशोध की गंगोत्री जमी, फिर पिघलकर फूट पड़ी और विनाश की उफनाती कर्मनाशा काल-सी बह चली।

और उस भीषण बहाव में सब ख़त्म हो गया। इंटरव्यू निरस्त हो गया। मेरे सपनों ने उस दिन शाम को पहाड़ी ईमानदारी को धिक्कारा। ठीक उस वक़्त, जब कीर्तनियों ने लंका काण्ड का गायन शुरू किया था और अंगद रावण के दम्भी दरबार से, निराश हो लौट आये, मैं, उस शराबखोर शहर के बुजुर्गों के सामने गिड़गिड़ा रहा था।

अपनी नशीली रुलाई से मैंने उन्हें भिगो दिया। उनके भीतर ग़ुस्सा फूट पड़ा। और फिर पहाड़ों पर ईमानदारी का वह अन्तिम करतब, नगरपालिका के मैदानों से शुरू हुआ। कहते हैं कि और अन्य सपने भी इसमें शामिल हो गये थे। रात को आठ बजे, जब अलकनन्दा के उस पार मैं मन्दिर में सिगरेट पीता बैठा कीर्तन सुन रहा था, नशीले ईमानदारों का एक रेला उस कमरे में घुस चुका था। अध्यक्ष को कालर पकड़ बाथरूम में अगले दो दिनों के लिए बन्द कर दिया गया। मैडम को मेरा दिया उदाहरण समझाया गया। जानी दुश्मन लहूलुहान पुलिस चौकी में बैठा था। स्मार्टी अस्पताल में पड़ा था। पर, आचार्यवर किसी तरह बच के भाग निकले और अलकनन्दा को पुल से पार कर मन्दिर की तरफ़ आते दिखे, जहाँ मैं बैठा था।

'अलख निरंजन गुरुदेव। बैठें। साक्षात्कार खत्म हो गये क्या?'–नयी सिगरेट जला, निर्मम हो, मैंने पूछा।

'हाँ, हो गये। तो?'–वे चौंके। सब छुपा, चुनौती देते बोले।

'कोई पसन्द आयी आप सबको।'–उनकी आत्मा को मैंने चुटकी से पकड़ा।

मुझे घूरते उन्होंने समय लिया। सोचते रहे। और अचानक वे क्रोध की ज्वाला बन चुके थे। वे चिल्ला रहे थे–'तुम्हारी इतनी हिम्मत! मुझे सब पता है। सब तुम्हारे बाद ही शुरू हुआ। तुम्हीं ने मजमा ख़राब किया। सब कुछ कितना नियत था! पर तुमने वहाँ और बाहर खलल डाला। क्या समझते हो अपने-आप को? याद रखना, जब तक जिन्दा हूँ कहीं घुसने नहीं दूँगा।'

अब तक मैं विचलित हो चुका था। रही सही शर्म उस कमरे ने ख़त्म कर दी थी। बेधड़क बोल बैठा–'असलियत आपकी जान चुका हूँ मैं, इसलिए आराम से बोलिए। यह पहाड़ है जेएनयू से काफ़ी दूर। आपकी हत्या भी कर सकता हूँ। जान-

बूझकर मेरा इंटरव्यू ख़राब किया गया। आप सब अपराधी हैं, बल्कि अपराधियों से भी बदतर। रही बात घुसने की, तो सुन लीजिए, रास्ता आज हिमालय ने दिखा दिया है और निमित्त बने हैं आप। दावा करता हूँ कि बहुत जल्द घुस जाऊँगा और यह बात कहीं लिख लीजिए कि उसमें एक हस्ताक्षर आपका भी होगा।'

'बच्चे हो तुम अभी। अन्दाज़ा नहीं तुम्हें कि किसके सामने खड़े हो। यहाँ से लेकर दुनिया के अन्तिम कोने तक मौजूद इन कमरों में मेरा दख़ल है। हर जगह से उठाकर तुम बाहर फेंक दिये जाओगे।'–सगर्व वे गहरे शब्दों में बोले।

घृणा से थूक और सिगरेट उनके पैरों के पास फेंक मैं उठ चुका था। वे आश्चर्यचकित और कुछ भयभीत, मुझे जाता देखते रहे।

झाँझ-मंजीरों में अलमस्त कीर्तनियों के मुँह से निकलती चौपाइयों में, रावण का आत्मविश्वास गरज रहा था–

निज भुज बल मैं बयरु बढ़ावा। देहऊँ उतरु जो रिपु चढ़ि आवा।।

इसके बाद का वाकया अब तारीख़ी दास्तानों में शामिल है। अदब के लोग, आचार्य और मेरे बीच वर्षों चले इस वाक़ये को अच्छाई और सच्चाई के बीच हुए झमेले के रूप में कहते/सुनते आये हैं।

अदब में कभी कभार खुरपेंच करने वाले, केदार मठ के महामण्डलेश्वर स्वामी सत्यासत्यमित्रानन्द इस प्रपंच पर अक्सर क्षुब्ध हुए और तुलसीदास के हवाले से कहते रहे–'गुरु सिष बधिर अन्ध का लेखा–एक न सुनई एक नहीं देखा...घोर कलियुग है भाई...शिष्य ही गुरु पर चढ़ बैठा...'

सफ़ेद कपड़े पहन, लाल बत्ती लगी कार में बैठे मन्त्री जी भी अक्सर कहते हैं कि 'अरे भाई, आचार्य जी इतने अच्छे और अपने आदमी थे। उनका साथ भला मैं कैसे नहीं देता। रही बात उस हरामी की, तो शिक्षा व्यवस्था में घुस आये इन अपराधियों को हमें मिलकर उखाड़ फेंकना होगा।'

उधर, फटी गंजी पहने, बेरोजगार, अपने समय के गोल्ड मेडलिस्ट पीएच. डी., कवि राम जियावनलाल को आज भी गर्व है कि उनके शब्द सच्चाई के काम आये। वे यह भी कहते सुने गये थे कि 'साथियो, इन बन्द कमरों में लोगों और पूँछे गये सवालों का मेयार बदलना होगा। और यदि प्यार से न बदलें तो दोनों को लतियाना होगा।' मुझे उकसाने के लिए अपनी लड़ाकू कविताओं की एक पूरी पेटी वे पहुँचा गये थे।

मन्दिर में आचार्य के साथ हुई उस घटना के बाद एक जुनून-सा होने लगा था मुझमे। सफ़ेद राक्षस ख़ून में दौड़ते रहते। रात-दिन वही सोच। सपने साफ़ थे। पर हकीकत तक पहुँचने का रास्ता एक कमरे से होकर जाता था। जो जहाँ-जहाँ था, वहाँ-वहाँ आचार्य के क़ब्ज़े में था। यह कमरा और आचार्य अब मेरे सपने की जद में थे। पर सफ़ाई से इसमें से गुज़र जाना मुश्किल था। मजबूरन, मैंने सपने की डिजाइन बदल दी। उसे अन्तर-स्वप्नों की लड़ियों से जोड़ने लगा।

और कई कोशिशों के बाद, उस दिन; जब फ़ोन से हुई आख़िरी बातचीत में, नशे में धुत, अट्टहास करते आचार्यवर ने कहा कि 'तुम अगर साल भर मेरे चरण सहलाओ तो तुम्हारे कल्याण की सोच सकता हूँ'–तब, मैंने ख़ुद को सफ़ेद राक्षसों की पनाहों में छोड़ दिया था।

पहला फायर

आचार्य की छाती पर जो पहली गोली मैंने दागी थी वह 'क़िस्सागो' नाम की एक कहानी थी, जो उस समय की एक बहुचर्चित पत्रिका में प्रकाशित हुई थी। कहानी हू-ब-हू नीचे दी जा रही हैं–

"पान खाने से लोगों के होंठ और जीभ लाल होते हैं पर आचार्य अच्युतानन्दन की नाक भभा उठती है। सचेत अवस्था में वे वेद-पुराण, तन्त्र-मन्त्र को बेतरह गालियाँ देते हैं पर जब भंग की तरंग में होते हैं तो उन्हीं में उन्हें जीवन का सार नज़र आता है। बायें चलना ट्रैफिक नियम है पर उनके लिए वह एक वैचारिक पक्षधरता और प्रतिरोध है।

अदब के एक महीन उस्ताद ने उनकी इन अड़भंगी आदतों को उस जाहिल सत्ता-तन्त्र से जोड़ कर देखा है, जो एक लेखक को औघड़ बना देती हैं और उस उस्ताद का कहा मानें तो, इसी औघड़ापे से उनका बेजोड़ साहित्य पनपता है।

बेशक, वे शब्दों के एक बड़े कीमियागर हैं। उन्होंने हमारे समय के साहित्य को लगभग बदल कर रख दिया है। लन्तरानी के झूठे मेयार की उन्होंने हवा निकाल दी तथा चौक-चौराहों, खेत-खलिहानों के दु:ख-दर्द को वे अदब के पन्नों में खींच कर लाये। यहाँ तक कि गली-कूचों की बेरंग दुनिया और उनकी गालियों तक को उन्होंने एक अदबी चेहरा दिया है। चौराहों पर वे गालियाँ अब गायत्री मन्त्र की तरह ली और दी जाती हैं।

उनकी इस बेजोड़ क़लम को बेमिसाल माना गया तथा जिससे दिल्ली ने भी ख़ुश होकर उन्हें इस साल अदब के सबसे बड़े, अकादमी पुरस्कार से नवाजा।

पुरस्कार की ख़बर उस दिन सभी अख़बारों के पहले पन्ने पर थी। सुबह, चाय की चुस्की के साथ इन्हें पढ़ वे बुलबुल हो रहे थे और नाती-पोतों को सुना रहे थे की सहसा किचेन से पत्नी की लन्तरानी शुरू हुई–'सब बैठे ठाले, बस खोखले शब्दों

का काला जादू है भाई। अरे, रेगिस्तान का, वह झुनझुन हवा साँप–'रैटलस्नेक'–भी बिल से बाहर सुबह जब तफरीह को निकलता है तो शाम को लौटने तक अनायास आड़ी-तिरछी रेखाओं की एक देखने लायक आकृति रेत पर बना देता है। पर उसमें जीवन का कैसा अर्थ! यह अलग बात है कि कोई फंटूश फ़ोटोग्राफर उसे धोखे से कैमरे में क़ैद कर ले और जोड़-जुगाड़ से उसे कोई बड़ा तमगा मिल जाये तथा वह सर्पिली आकृति भी एकबारगी क्लासिक बन जाये।'

वे तिलमिला उठे। चाय कड़ुआ गयी। उन्होंने घूर कर पत्नी को देखा। वह फिक्क से हँसती आँगन में निकल गयी। तमतमाए वे भी सटाक से उठे और घर से बाहर निकल गये।

वे सड़क पर निकल आये। चमचमाती दुकानें और बदहवास लोग। उनकी उपस्थिति से बेपरवाह लोग। चलते-चलते वे चौराहे पर आ पहुँचे...उनकी मनपसन्द जगह...जीवंत लोग..यहाँ उन्हें ढेर सारी कहानियाँ मिलती थीं। वे खिल उठे।

वे गप्पू की चाय की दुकान पर बैठ गये। यह वही दुकान थी जिसे उन्होंने अपने नये क़िस्से में अमर कर दिया। आजकल देश भर में इसकी चर्चा है। अब यहाँ बड़े-बड़े फनकार आते हैं। सारे जहाँ के लोग जब मोक्ष की कामना से इस शहर में आते हैं, तो इस दुकान को देखने का मोह नहीं तज पाते। कहते हैं की फ़िल्मी दुनिया का एक बड़ा फनकार इस चौराहे के सम्मोहन में ऐसा फँसा की बम्बई को ही भूल बैठा और आजकल गप्पू के यहाँ ही गपासट में मशगूल रहता है। एक बार मायानगरी में रहने वाली उसकी माशूका उसे लेने आयी तो सबके सामने ही उसे गाली देते बोला–'भागो इहाँ से...'।

देश भर में, उनकी बेमिसाल उस्तादी का साक्ष्य है यह चौराहा और गप्पू की यह दुकान।

'सुनो लोगो कि केवल ईश्वर ही नहीं, लेखक भी जीवनदाता हो सकता है। केवल अमृत ही नहीं, लेखक भी किसी को अमर कर सकता है'–उन्होंने सोचा और गर्व से फूल उठे।

उन्हें यहाँ बैठा देख आसपास के लोग धीरे-धीरे उनके पास आने लगे। पुरस्कार की बधाइयों का ताँता लग गया। वे मन्द-मन्द मुस्काते रहे।

अचानक मेज़ पर उन्होंने आज का अख़बार बिछाया और ठोंगे में बन्द लायी–चना को उस पर उड़ेल कर चटनी के साथ उसे चबाने लगे। उनके आग्रह पर लोगों ने भी उसे चबाना शुरू किया।

आसपास खड़े लोग उन्हें देख भकुआये हुए थे।

सहसा शान्ति को भंग करते उनकी आवाज़ कुछ यूँ निकली कि जैसे लहलहाते खेत में कोई साँड़ घुस रहा हो–'दोस्तों, सच कहिए तो यह पुरस्कार मेरा नहीं, आप सब का है। यह उतना ही झुन्ना गुरु का है जितना कि गप्पू का, इसके हक़दार जितने माया सिंह हैं उतने ही बाबू सखा राम यादव। आख़िर इन्होंने ही तो मुझे और मेरे किस्सों को रचा है। इस तमगे पर असली हक़ इस चौराहे का ही है। अनुरोध है मित्रो कि इस चौराहे को बचा कर रखिए क्योंकि यह बौराती संसद के ख़िलाफ़, हमारे एकजुट हाथों में मजम्मत और ख़िलाफ़त का एटम बम है...'

पर सहसा उनकी आवाज़ खो गयी क्योंकि तभी उस दुकान से थोड़ी ही दूर एक भयानक बम धमाका हुआ। उधर की दुकानों के परखच्चे उड़ने लगे। गाड़ियाँ धू-धू कर जल उठीं। विषैला धुआँ फैलने लगा। लोग बदहवास भागने लगे।

पर, सन्न वे अपनी जगह पर बैठे रहे। उन्होंने पाया की सब भाग गये थे और वे जिन्दा बच गये थे। धुएँ से घिरे खाँस रहे थे। धूल-धूसरित गप्पू बदहवास उनसे कह रहा था–'गुरु! का उजबक की तरह बैठे हैं, अरे बम फटा है! लगता है आतंकवादी हमला है, धोती उठा कर भागिए।' पर उसे उन्होंने अनसुना किया और मुट्‌ठी भर बचा-खुचा लाई-चना फाँक गये। उन्हें निश्चिन्त बैठा देख गप्पू कुनमुनाया, फिर, दुकान की चिन्ता छोड़ भाग चला।

थोड़ी देर बाद धुआँ मिट गया। भाग-दौड़ थमी और चीखने-चिल्लाने की आवाज़ें शान्त हुईं। उनके आसपास अब कोई न था। दूर केवल चिल्लाने और कराहने की आवाज़ें आ रही थीं।

उन्होंने पान दबाया और चूना चाटते दुकान से बाहर निकले। उन्होंने उधर देखा जहाँ धमाका हुआ था। वे उधर ही चलने लगे। पर थोड़ी ही दूर जाकर वे ठिठक कर खड़े हो गये।

उनका निश्चय शायद बदल गया। चोरी से दाहिने-बायें देख उन्होंने दाहिनी ओर की सँकरी गली का रास्ता पकड़ा। फिर गंगा का किनारा लेते हुए एक तीन मंज़िले होटल की छत पर चढ़ गये। छत से कई लोग उस भयानक मंजर को देख रहे थे। वे भी देखने लगे। नीचे, चारों तरफ़ ख़ून और कराहें थीं। सड़क पर कटे हुए हाथ, पैर फैले थे। चोट से बिलबिलाते लोग मदद की गुहार लगा रहे थे।

तनी आँखों से इस ख़ूनी मंजर को देखते उन्होंने महसूस किया कि यहाँ से दृश्य ठीक से फोकस नहीं हो रहा है। अत: वे छत के दूसरे कोने में गये। पर वहाँ से भी

रौनक न दिखी। उन्हें लगा कि शायद सड़क पार उस सामने वाले घर की छत से दृष्टि को ज़्यादा विस्तार मिले। सो, वहाँ से उतर, उन्होंने सड़क पार की और उस घर की छत पर चढ़ गये। यहाँ भी काफ़ी लोग फटी आँखों से धमाके के बाद का मंजर देख रहे थे। वे भी, अवाक इसे देखने लगे। यहाँ उन्होंने महसूस किया कि ख़ून का मंजर अपनी पूरी नग्नता से सामने बिखरा पड़ा है। नज़रें घुमा-घुमा उन्होंने इसका विश्लेषण और मूल्यांकन करना शुरू किया।

अचानक उन्होंने देखा कि ख़ून से सना एक बच्चा, बीच सड़क पर, छटपटाता पड़ा था। उसकी कातर आँखे यहाँ-वहाँ देख रही थीं। सहसा उनकी प्रश्नाकुल आँखे, उसकी कातर आँखों से मिलीं। वे द्रवित हो उठे। उन्होंने बग़ल वालों से कहा–'नीचे उतर कर कुछ करना चाहिए'। जवाब में, एक बोला–'पगला गये हैं क्या! और भी बम छिपे हो सकते हैं'। वे हाथ मलते रह गये। उनका मन हुआ कि वे नीचे कूद जायें पर ऐसा वे न कर सके। बेचैन वे उस छत पर यहाँ-वहाँ टहलते रहे।

उदास मन, वे सीढ़ियों से वापस नीचे उतर आये। वे अब घर लौटना चाह रहे थे और टीवी पर इस घटना की पूरी कवरेज देखना चाह रहे थे। वहाँ रुकना अब बेमानी था।

उन्होंने लौटने के लिए दूसरी सड़क पकड़ी और रिक्शे से अपने घर पहुँचे।

उन्हें देखते ही पत्नी हडबड़ाई-सी बोली–'अरे सुना आपने! आपके किस्सैल चौराहे पर बम फटा है। सुना है कि कई लोग मारे गये हैं। नाश हो इन जालिमों का। पर आप कहाँ थे इतनी देर तक?'

बेमन से वे बोले–'वहीं था।'

पत्नी ने उन्हें घूर कर देखा फिर धीरे से कोंचा–'हाँ भाई! आपने तो केवल क़िस्से-कहानियाँ इकट्ठी की होंगी और सिर पर पैर रख भाग लिए होंगे'।

पत्नी के ताने से वे तिलमिला उठे। पर कहा कुछ नहीं। चुपचाप वे अध्ययन कक्ष में घुसे और कमरा अन्दर से बन्द कर लिया। लिखने की मेज़ पर सिर टिकाये कुछ सोचते रहे। फिर डायरी निकाली और क़लम उठायी।

काँपते हाथों से क़िस्से का शीर्षक लिखा–'नरसंहार'।

तभी दरवाज़ा खटखटाते पत्नी बोली–'चाय'।

जवाब में ध्वनियों का एक धमाका, कमरे से बाहर आया–'लिखने दो।'

यह कहानी नहीं बल्कि आचार्य के जीवन की एक सच्ची घटना थी जिसे मैंने बेहद ख़ूबसूरती से कथा के शिल्प में ढाला था। आचार्य का व्यक्तिगत जीवन

बेनकाब हो चुका था। आलोचकों के एक वर्ग ने इसे ख़ूब सराहा। इसे आधार बनाकर साहित्य में शब्द और कर्म को लेकर एक बहस भी छिड़ गयी थी। एक बड़े आलोचक ने इसी विषय को समेटते हुए अपनी प्रसिद्ध पुस्तक लिखी–'शब्द और कर्म'। इसे एक बड़े पुरस्कार से भी नवाजा गया।

पर आचार्य के ज़ेहन पर इस कहानी का कोई नैतिक असर नहीं देखा गया। कहते हैं कि इसे पढ़ वे हो-होकर हँसते रहे और मुझे गरिआते रहे।

ज़ाहिर है कि इससे मेरी प्रतिहिंसा और बढ़ती गयी। किन्तु इस बीच कोई अन्य साक्षात्कार न होने के कारण मैं कुछ दिनों के लिए बनारस चला आया। अवचेतन में प्रेम और साक्षात्कार के द्वन्द्व के प्रतिफल में आत्महन्ता भाव भी पल रहा था, यह तब मुझे पता न था।

मसान भैरवी

बनारस जाना कोई पलायन न था अपितु हृदय में रिस रहे एक और घाव को शायद ठीक करने की एक चाह भी थी। मन में एक द्वन्द्व करकरा रहा था जिससे मुक्ति बिना आगामी लड़ाइयाँ शायद आसान न थीं।

बनारस में मैंने स्वयं को मसान में पाया। यह बनारस के हरिश्चन्द्र घाट का जीवन्त मसान था। जहाँ किसी ज़माने में सत्य की सम्भवतः सबसे कठिन परीक्षा राजा हरिश्चन्द्र ने दी थी—जीवन के चंचल सत्य की परीक्षा, मृत्यु के स्थिर, अन्तिम, सत्य के समक्ष!

मैंने नज़र घुमाई—यहाँ-वहाँ बिखरी राख और लकड़ियाँ, सुस्ताते कुत्ते, राजा हरिश्चन्द्र का अटल प्राचीन मन्दिर, ठण्डी पड़ी धूनी के पास चिलम बनाता औघड़, ताश खेलते मछुआरे, चौकन्ने कुछ विदेशी...यह वही जगह है जहाँ की धधकती आग सदियों से प्राणहीन देहों की आहुति लेती आ रही है, महाकाल की अग्नि-भूमि, जहाँ एक न एक दिन सबको आना है। वो शरीर जिसे जीवन भर धोने, पोंछने, सजाने का हम जतन करते रहते हैं, उसे यहीं किसी दिन, लकड़ियों से बनी एक बेढंगी चिता पर लिट माचिस की एक तीली मात्र से जल जाना है। इससे डर कर कहीं भी भागा नहीं जा सकता। पृथ्वी पर, आकाश में, पाताल में कहीं भी कोई स्थान नहीं, जहाँ छिपकर इससे बचा जा सकता हो...इससे बची रह गयी हैं तो केवल गंगा, जो सीढ़ियों के नीचे थीं—म्लान और शान्त, साक्षी भाव से बहतीं, मनुष्य की अहन्ता और ममता को निर्विकार भाव से देखती, सदा से, सत्य-असत्य, साधु-शैतान, दोनों को धोती और पवित्र करती।

मैंने राजा हरिश्चन्द्र की कहानी को कभी बेमिसाल समझा था, पर अब सत्य का प्रश्न उसके सामने बेमानी था। आज मेरे लिए यह बात ज़्यादा ज़रूरी थी कि इस घाट पर गंगा काफ़ी गहरी है। इसलिए यह जगह चुनने लायक थी। मैं जानता था

कि रात आठ-नौ बजे तक यह घाट सुनसान हो जाता है। बस, कुछ अघोरी बचे रह जाते हैं, पर वे भी ढलती शाम के साथ गाँजा के नशे में डूब इस दुनियावी चेतना से फ़ना हो जाते हैं। सोचा था कि यही समय माकूल होगा जब एक तेज छलाँग लगा कर तीर की तरह गंगा में समा जाऊँगा और मृत्यु की तलैया पार कर चिर शान्ति के अनन्त समुन्दर में उतर जाऊँगा।

पिछले कुछ दिनों के जीवन की कड़वी स्मृतियाँ जेहन में तूफ़ान की तरह थीं। यूँ अकेला, तिरष्कृत छोड़कर उसका चले जाना...फिर परस्पर शक, अविश्वास, धोखे और तूं-तूं, मैं-मैं का एक लम्बा दौर...जेएनयू का वह कमरा...कमरे में वे बेचैन करवटें..अनिद्रा...बीमारी..दवाओं का वह विशाल जखीरा..तमाम डॉक्टरों की पर्चियाँ..ज्योतिषी के नुस्ख़े..दोस्तों की सलाहें...सब बेमानी...कहीं भीतर धँसे एक चेहरे के आगे सब बेकार...एक चाहना के सिवा दुनिया की सारी चाहनाएँ बे-अर्थ...बे-स्वाद...

मैंने समझ लिया था कि असफल प्रेम और बेरोजगारी की पीड़ा से मुक्ति के रास्ते अब इस जीवन में नहीं बचे। वह चेहरा अब अपना हो नहीं सकता और मैं उसे अपने दिमाग़ से हटा नहीं सकता। उसको साथ ले जिस तरह का जीवन बनाना, जीना चाहता था वह अब सम्भव नहीं। उसकी स्मृति में निरन्तर धधकते इस कपाल की चिकित्सा अब यहाँ हो ही नहीं सकती। इसके लिए ज़रूरी है इस ज़िन्दगी को सायास छोड़ देना। शायद मृत्यु और उसके पार ज़रूर कुछ ऐसा हो जिसमें चिर शान्ति का जीवन हो। धर्म और अध्यात्म की किताबों में ऐसा पढ़ा था कि ज़िन्दगी के बाहर, मृत्यु के उस पार, सत्य, चित और आनन्द का एक स्थिर लोक है। जीवन के इतने सूक्ष्म ज्ञाता-ऋषि, मुनि, संन्यासी, अन्तर-दृष्टा बिना यह सब देखे, जाने, अनुभव किये, आख़िर उन चमकती किताबों में ऐसा क्यों लिख देंगे? ज़रूर वह जगह उन्होंने खोज ली होगी और वहाँ पहुँच गये होंगे। अतः मृत्यु..आत्मघात–अब इस मुक्ति का शायद यही अन्तिम इलाज है।

इसलिए आज दृढ़ निश्चय कर चला था। मन विकल्पहीन था और शरीर काबू में था। आत्महत्त्या के अतिरिक्त कोई दूसरा विचार मन में न था। शाम होते-होते यहाँ पहुँच गया और अब घाट किनारे की एक सीढ़ी पर बैठ आते जाते लोगों को देख रहा था। घाट के निर्जन होने का इन्तजार कर रहा था।

ख़ुद के द्वारा चुनी हुई, ख़ुद की ही मौत को किसी शिकारी कुत्ते की तरह झपट लेना चाहता था।

यहाँ, अनाशक्त भाव में बैठा, बहती गंगा की मद्धिम लय के साथ बह रहा था कि सहसा एक जोड़ा सामने से गुजरा। मेरा ध्यान भंग हुआ। परस्पर गुंथे उन दोनों को देखने से स्वयं को रोक न सका। अपलक उन्हें जाते तब तक देखता रहा जब तक कि वे नज़रों से ओझल नहीं हो गये। मुझे याद हो आया कि कितनी ही बार इस घाट की सीढ़ियों पर उसके साथ घण्टों बैठा रहा हूँ। जलती चिता को देख हर बार वह हाथ कसकर पकड़ लेती। कपाल क्रिया के वक़्त उसका सिर कन्धों पर लटक जाता। वह ग़ुस्से में कहती–'कितनी फूहड़ जगह है। तुम यहाँ मुझे क्यों बार-बार ले आते हो?' और मैं कहता–'एकमात्र यही प्रेम की सुन्दरतम जगह है। मृत्यु-बोध से भरा प्रेम ही स्थायी है डियर।' वह ऐसी बातों को सुन आँखों में हँसती।

अतीत की इन सुनहरी स्मृतियाँ में काफ़ी देर मग्न रहा। कहीं कुछ असंगत, छिछला नहीं दिखा। अब भी एक बहुत धुँधली रोशनी कहीं दूर दिखाई दे रही थी। यह देख आवेग की एक अनिवार हलचल ने एकाएक फिर बेचैन कर दिया। हाथ स्वतः जेब में चले गये। मोबाइल निकोला और उससे बात करने का एक और प्रयास किया। घण्टी बजी पर फ़ोन उधर से काट दिया गया। कई बार मिलाया पर हर बार फोन काट दिया गया। उदास हो मोबाइल वापस जेब में रख दिया।

थोड़ी देर बाद उधर से फ़ोन आया। लपककर मैंने उठाया और व्यग्रता से बोला–'ज्योति'।

उधर से बेहद तप्त आवाज़ आ रही थी–'भगवान् के लिए इस बेवकूफी से तुम अब बाहर निकलो। हमारे बीच जितना और जैसा रिश्ता नियत था वह बीत चुका है। मैं उस दौर से अब बाहर आ चुकी हूँ और दिल्ली के जीवन में ख़ुश हूँ। मैं अब एक नये बने रिश्ते को लेकर काफ़ी गम्भीर हूँ। तुम प्लीज मुझे यहाँ की ज़िन्दगी में चैन से रहने दो। न तुम रतन सिंह हो और न ही मैं पद्मावती। इस भाव-भ्रम से बाहर निकलो डियर। ज़िन्दगी बहुत ख़ूबसूरत है।'

'ज़िन्दगी तुम्हारे बिना कुछ भी नहीं है ज्योति। इस एक साल मैंने अन्दर-बाहर सब जगह ढूँढ़ा पर कहीं कुछ नहीं मिला, जहाँ मैं टिक सकूँ। तुमसे विछोह असहनीय है मेरे लिए। एक अँधेरा-सा छाता जा रहा है सामने। तुम मुझे बचा लो प्लीज'–मैंने अन्तिम प्रयास किया।

उधर से आती आवाज़ निर्मम हो चुकी थी–'अब तुम नौटंकी कर रहे हो। जाओ और गंगा में डूब मरो। मुझे तुममें कोई दिलचस्पी नहीं।'

मैं कुछ और कहना चाहता था पर मोबाइल की बैटरी ख़त्म हो चुकी थी और स्क्रीन की रोशनी धीरे-धीरे डूब गयी। हताश उसे वापस जेब में डाल लिया।

और अब सचमुच मैं गंगा के बेहद क़रीब के घाट पर बैठा था।

घाट किनारे अपनी गुमटीनुमा कुटिया में बैठा एक औघड़ मुझे काफ़ी देर से देख रहा था। उसने गाँजे का एक गहरा कश लिया और मन्त्र बुदबुदाया–'ॐ वं वं वं क्रीं आकर्षिणी स्वाहा' और फिर उँगलियों से माला पूरते जपना शुरू किया–'मोहिनी मोहिनी मैं करा मोहिनी तेरा नाम.. राजा मोहा प्रजा मोहा मोहा शहर ग्राम...नैन नचाय कुटिल मुस्काय, फेंके मोह का फाँसा...देखा मैंने महामोहिनी तेरे इल्म का तमाशा..'

कलेजे में यह जाप तीर सा चुभा। इधर-उधर देखा। घाट पर अभी चहल पहल थी। दिल तेज़ी से धड़क रहा था। एक गहरे उचाट में आँखे स्वत: बन्द होती गयीं। कुछ देर बाद, उदास झपकी में सुराख़ बनाती कुछ आवाज़ों ने ध्यान भंग किया। मैंने आँख उठायी और सहसा उन्हें आते देखा।

वे ऊपर, सीढ़ियों से कुछ यूँ उतर रहे थे जैसे गंगा शिव की जटाओं से उतर रही हो। उनमें से चार के कन्धे पर एक लाश थी। उनमें से कुछ के हाथों में झाँझ, मँजीरा, ढोल और हारमोनियम थे। उनमे से कुछ ठहाके लगा रहे थे। उनमें से कुछ गुनगुना रहे थे। उनमें से कुछ झूम रहे थे। वे किसी की अन्त्येष्टि करने आ रहे थे।

'राम नाम सत्य है' कहते हुए वे बग़ल से गुज़रे। उनमें मौत का ख़ौफ़, उसका दुःख, उतना नहीं दिख रहा था जितना की एक अलक्षित उत्साह..एक अजीब उमंग। उनके साथ कुछ शरारती लड़के भी थे जो 'राम नाम सत्य है की टेक' में 'मुर्दा मस्त है' बोल चुपके से खिलखिला भी रहे थे। विस्मृत होकर उन्हें गुज़रते देखता रहा मैं।

गंगा किनारे पहुँच उन्होंने लाश को उतारा और पसीना पोंछा। महाब्राह्मण ने जेब में हाथ डाल पन्नी निकाली, उसकी गाँठ खोल पान का एक बीड़ा उठाया, उसे मुँह में डाला, फिर ऊँगली से चूना चाटते व्रतोद्यापन के मन्त्र पढ़े–

'अत्र पृथिव्यां जम्बूद्वीपे भरतखण्डे आर्यावर्तेकदेशे विष्णोराज्ञया...प्रवर्तमानस्य ब्रह्मणो द्वितीयपरार्वे..गंगायां च जले मोक्षो वाराणस्यां जले स्थले...जले स्थले चान्तरिक्षे गंगासागरसंगमे...ओम तत्सत..इदन्मम...

मन्त्रों की छाँव तले गंगा के जल में शव को स्नान कराया गया। फिर उस शरीर पर घी, कस्तूरी, केसर, चन्दन, अगर, तगर, कपूर आदि का लेप लगने लगा।

मैं उदासीन उत्सुकता से उन्हें, यह सब, देख रहा था। संकल्प, मेरे मन के किसी कोने में बैठ मरियल कुत्ते-सा कुनमुना रहा था।

शव-दाह के इस आयोजन को देख औघड़ की आँखें चमक उठी थीं। उसने अपनी धूनी में आग को भड़का दिया था। वह अलख उत्साह में गुरु गोरखनाथ द्वारा गढ़े 'जंजीरा' के वाक्य वातावरण में विखेर रहा था–'ऊँ गुरुजी मैं सरभंगी सबका संगी, दूध-माँस का इकरंगी, अमर में एक तमर दरसे, तमर में एक झाँई, झाँई में परझाईं, दर से वहाँ दर से मेरा साईं, मूल चक्र सरभंग का आसन, कुण सरभंग से न्यारा है, वहीं मेरा श्याम विराजे ब्रह्म तन्त्र ते न्यारा है, औघड़ का चेला, फिरूँ अकेला, कभी न शीश नवाऊँगा, डाकिणी, शाकिनी, भूला, जाँका, करस्यूँ जूता, राजा, पकड़ूँ, डाकम कर दूँ मुँह काला, नौ गज पाछा ढेलूँगा, कुएँ पर चादर डालूँ, आसन घालूँ गहरा, मड़, मसाणा, धूणो धुकाऊँ नगर बुलाऊँ डेरा, ये सरभंग का देह, आप ही कर्ता, आप ही देह।'

इधर, डोम ने तब तक चिता की लकड़ियाँ सजा दी थीं। लाश को उस पर लिटा दिया गया। अग्नि से पहले ईशा की स्वर-लहरियाँ गूँजीं–'अग्ने नय सुपथा राये अस्मान विश्वानि देव वयुनानि विद्वान...युयोध्यस्मज्जुहुराणमेनो भूयिष्ठां ते नमोक्तिम विधेम'... हे अग्नि, हमें नये सुन्दर रास्तों से ले चलो...पाप को चुनती हमारी इच्छाओं को नष्ट करो...

उनमें से एक उठा और पानी से भरे एक घड़े को कन्धे पर रखा। शव की उसने तीन बार परिक्रमा की। फिर महाब्राह्मण ने एक पत्थर से घड़े को तोड़ा। टूटे घड़े से जल की धार बह निकली। अन्त्येष्टिकर्ता ने खड़े-खड़े घड़े को पीछे फेंक दिया।

'असौ स्वर्गाय लोकाय स्वाहा' के पाठ के साथ महाब्राह्मण ने चिता में अग्नि प्रज्वलित करने का निर्देश दिया। ठीक वहाँ-जहाँ शव का सिर था, आग लगा दी गयी।

महाब्राह्मण हाथ जोड़ प्रार्थना करता रहा–'यं यं वापि स्मरन्भावं त्यजत्यन्ते कलेवरम्... हे आत्मन! तुमने मृत्यु के वक्त मन में जिस भाव, विचार या विषय का स्मरण किया हो तुम्हे वही योनि प्राप्त हो...

चिता की आग भभकने लगी। मुँह में बीड़ी दबाये एक व्यक्ति ने चिता पर जलते शव की चुटकी ली–'वैकुण्ठ में, तीनों देव से हमारा भी सलाम बोल देना गुरु और हाँ, उहाँ भौकाल टाइट रखना।' सभी ने ठहाका लगाया।

मेरे होंठों पर भी एक धुँधली मुस्कान थिरकी। आग और लकड़ी का मिलन होने लगा। धुएँ ने अपनी दिशा खोजनी शुरू की। देखते-ही-देखते आग की लपटों ने मृतक को लीलना शुरू कर दिया था। सब गोला बना कर बैठ यह देख रहे थे। तभी शान्ति को भंग करते ढोलकिये ने थाप लगाया और आँखें तरेर कर हारमोनियम पकड़े गवैये की ओर देखा। गवैये ने गला साफ़ किया, गंगा को हाथ जोड़े और फिर सजल आँखों जलती चिता को निहारते निर्गुन की तान छेड़ दी–'उड़ जायेगा हँस अकेला..जग दर्शन का मेला...जैसे पात गिरे तरुवर से, मिलना बहुत दुहेला...ना जाने किधर गिरेगा, लगेया पवन का रेला, जब होवे उम्र पूरी, जब छूटेगा हुकुम हुजूरी...जम के दूत बड़े मज़बूत,जम से पड़ा झमेला... दास कबीर हर के गुण गावे, वाह हर को परत पावे...गुरु की करनी गुरु जायेगा, चेले की करनी चेला...'

मैं जैसे सोते से जागा हूँ। निर्गुन की आवारा धुनों ने मसान को अपने आगोश में ले लिया था। अपने अन्तस में एक नयी ज्योति की उठान मैं महसूस कर रहा था। 'जग दर्शन का मेला'–कितना तो यथार्थ! अक्सर ये निर्गुनिये फ़ालतू के मनुष्य लगते थे। जिन्दगी के केन्द्र से कितने दूर, निरर्थ, आध्यात्मिक, जिसका आधुनिक जीवन की मूल लय से कोई तालमेल नहीं। पर आज यह धुन ऐसी लग रही है जैसे जीवन के भीतरी कमरे की कोई ज़रूरी प्राणवायु हो। मन सहज ही उसमें डूबता जा रहा था।

आते लोग कुछ देर यहाँ ठिठक कर खड़े होते। आश्चर्य से जलती चिता को देखते। कुछ विदेशी कैमरे से फ़ोटो खींचते। कुछ चले जाते, तो कुछ सीढ़ियों पर बैठ रुक जाते।

सजल आँखों से चारों ओर मैंने देखा। घाट ताज़ी बिछी चाँदनी में जलता हुआ अनार हो रहा था। मौत की इस घाटी में प्राण-सत्ता का एक अद्‌भुत महाराग बज रहा था, जिसके सामने जीवन की रागिनियाँ श्रीहीन लग रही थीं। आँख उठायी...मैंने देखा, वहाँ से दिखाई देता शहर मसान-सा सुलगता नज़र आ रहा था।

तभी किसी मोबाइल से गीत गूँजा–'ज़िन्दगी तो बेवफा है एक दिन ठुकरायेगी/ मौत महबूबा है, अपने साथ लेकर जायेगी।' इसे सुन गवैये का मिज़ाज अचानक पलटा और पुरानी टेक छोड़ वह इसकी ओर लपका...'मर के जीने की अदा दुनिया को जो सिखलायेगा...वो मुकद्दर का सिकन्दर जानेमन कहलायेगा...' यह देख घाट किनारे चाय की दुकान में लगे स्पीकर से निकलती हीमेश रेशमिया

की चीख़ किसी ने और बढ़ा दी–'यारा झूम झूम...बिना पिये ही झूम या जाम उठाके झूम...जोशो जुनून में झूम या तो सुकून मैं झूम...कोई झूमे न झूम...तू यारा झूम झूम।'

मैं झूम रहा था। झूमते मैं सोच और सोचते मैं झूम रहा था...यह कैसी उलटबाँसी है? एक धुन को सहसा छोड़ दूसरी धुन को तुरन्त पकड़ लेने का यह कैसा सामर्थ्य है? मौत के सन्नाटे में हो रहा यह कैसा जीवनोत्सव है? शिव के ताण्डव-नृत्य की याद हो आयी–एक विराट होम, जिसमें जीवन और मृत्यु–दोनों की समिधा विसर्जित की जा रही हो। मैंने सोचा कि इस अद्‌भुत, जादुई अनुभव के सामने कितनी तुच्छ है अपनी निजी अहन्ता और ममता, अपना प्रेग, अपनी घृणा!! मौत की वादी में जीवन के जब इतने रंग हैं तो साक्षात जीवन में क्यों नहीं? क्या जीवन ऐसा ही मुड़ा, सिकुड़ा है या फिर मैंने उसे ऐसा ही समझ लिया है?

सोच कि इन्हीं उलझनों में फँसा था कि तभी जलती चिता से चट-चट की आवाज़ आयी। एक आदमी उठा और उसने लगभग दो तिहाई जल चुके शव के सिर को एक बाँस से कूँचना शुरू किया। किसी ने झिड़का उसे–'अरे धीरे-धीरे महाराज, मरे हुए से काहे दुश्मनी निकाल रहे हैं।' उसने जवाब दिया–'तुम जन्मजात बुड़बक हो, अरे खोपड़िया में ब्रह्मा जी का वास होता है और ऊ बड़े जब्बर देवता हैं, बिना हिचक के कुचले बाहर नहीं जायेंगे।' फिर उसने आधी बाल्टी घी लाश के सिर पर उड़ेल दिया और बाँस से पुनः कूँचते बोला–'जा गुरु! इहाँ के झँझट से मुक्ति मिली, अब अगले जनम में कुकुर-बिलार-मनई न बनके देव-योनि पाने का जुगाड़ ब्रह्मा जी से करना।'

वहीं, गुमसुम बैठे एक आदमी ने उसमें जोड़ा–'अरे, कैटरीनवा का पेट अभी ख़ाली है। तन्त्र-मन्त्र करा कर इनकी सीट वहीं रिजर्व करा दीजिए।'

सबके साथ उन्मुक्त भाव से मैं भी हँसा। मेरी आँखें कपाल-क्रिया पर टिकी हुई थीं। अचानक मुझे वह आचार्य के कपाल की तरह लगा और तीखी स्मृति मुझ पर हावी होती गयी।

थोड़ी देर बाद शव के कूँचे हुए सिर में आग का विस्फोट सा हुआ। आग का एक लपलपाता, सनसनाता गोला उसके भेजे से बाहर निकला। धुएँ का एक गोल, चक्रवात सा उठा और धीरे-धीरे चारों ओर फैलने लगा। मैंने अपनी आँखों में उस धुएँ की जलन महसूस की। उनमें पानी आने लगा। वे बन्द होने लगीं। अपना सिर जलता महसूस किया। जैसे कुछ निकलना चाहता हो वहाँ से...जैसे कुछ निकल

रहा हो...तेज चक्कर सा आया...दोनों हाथों से अपना सिर थाम लिया...कपाल के बीचोबीच कुछ चुभ रहा था..क्या वह कोई ब्रह्म है? मैं सोच रहा था...क्या प्रेम का ब्रह्म?...ज्योति?...लगा सिर दर्द से फट जायेगा।

और तभी कपाल-क्रिया करता व्यक्ति चिल्लाया–'पकड़िए पण्डितजी, जल्दी पकड़िए, ब्रह्मा जी भाग रहे हैं।'

जवाब में महाब्राह्मण की समिश्रित आवाज़ सुनाई दी–'अरे भाई, अब का करें ब्रह्मा जी, केवल एक-दो ठो तो मन्दिर हैं, उनके सारे देश में, बाक़ी सब तो विष्णुजी और महेशजी ने हड़प लिये हैं। आदमी की खोपड़िया में न रहें तो आख़िर कहाँ रहें?'

लोगों में एक बहुत ज़ोर का ठहाका लगा। ठहाके की ध्वनि मुझे ठीक वहाँ जहाँ कर लगी जहाँ कुछ चुभ रहा था...दर्द को दबोचती एक हँसी का उठान अपने अन्तस में महसूस किया। मुझे अपना सिर कुछ हल्का लगा।

इस बीच आँख बन्द कर बेहद गम्भीरता से महाब्राह्मण शान्ति के मन्त्र पढ़ रहा था–

'ॐ पूर्णमदः पूर्णमिदम् पूर्णात् पूर्णमुदच्यते..पूर्णस्य पूर्णमादाय पूर्णमेवावशिष्यते...ॐ शान्तिः शान्तिः शान्तिः।'

ठहाकों, शान्ति के मन्त्रों के बीच महसूस किया कि जैसे जीवित ही उसकी कपाल-क्रिया हो गयी हो। सिर की चुभन काफूर हो चुकी थी। लगा कि कपाल में बैठा कोई ब्रह्म भी जैसे निकल भागा हो! एक गहरी साँस ले हँसने की कोशिश की।

सहसा कवि लीलाधर मण्डलोई की कविता 'कपाल-क्रिया' याद हो आयी–*'माँ की चिता/बस चिटकती लकड़ियों की गूँज थी/समय हो चला था/पण्डित ने कहा/"कपाल क्रिया"/और थमा दिया एक बेडौल लम्बा मोटा बाँस/जाने क्या हुआ/ मैंने थाम लिया/भाई का हाथ/और बोला हठात्/"जरा हौले से"/और बन्द कर लीं आँखें।'*

सोचा, इन कवियों के मानस में लोक मन की यह 'विनोद-वृत्ति' आख़िर क्यों नहीं होती?

ब्रह्म खोपड़ी से निकल कर भाग चुके थे। आत्मा का सांसारिक तृष्णाओं से सम्बन्ध सूत्र कपाल-क्रिया द्वारा तोड़ा जा चुका था। आग अब अपने उफान पर थी। महाब्राह्मण सस्वर मन्त्र पढ़ता जा रहा था–'क्रव्यादाय नमस्तुभ्यं...यः एनं वेत्ति हन्तारं यश्चैनं मन्यते हतम..उभौ तौ न विजानीतो नायं हन्ति न हन्यते...'

मेरा पत्थर बना मन पिघलता बहता जा रहा था। मैं अपनी जगह से उठा और गवैये के पास जाकर बैठ गया।

चक्कर काटती धुनों के बीच हँसते गवैये ने पूछा–'मरने वाले के कोई रिश्तेदार हो?'

जवाब दिया–'नहीं'

'विदेशी तो नहीं लगते जो यूँ ही मजा लेने आ जाते हैं?'

'नहीं'

'फिर यहाँ कैसे?'

हँसते हुए जवाब दिया–'गंगा में कूदकर जान देने आया था।'

गवैये ने ठहाका लगाया। फिर थोड़ा गम्भीर बन बोला–'इ वक़्त और हमहीं मिले हैं मजाक करने को।'

जवाब दिया–'तो तुम भी तो वही कर रहे हो गुरु।'

गवैया फिर जोर से हँसा। कुछ देर अलापने के बाद सबको सुनाते जोर से बोला–'त भइया लोगों, इ भइया के संकल्प के पूरन हेतु पेश है हमारे प्यारे दोस्त, जो अभी-अभी चिता में जल रहे हैं, का प्रिय निर्गुन गान। चला हो ढोलक बाबू, मारा ताल, अब मुकाबला कुमार गन्धर्व से बा।'

हारमोनियम का सुर सजाने के बाद निर्गुन की स्वर-लहरियाँ उसके कण्ठ से फूट रही थीं–'साधो रे..ए...ए...ए, इ मुर्दों का गाँव...पीर मरे, पैगम्बर मरिहें, मरिहें जिन्दा जोगी, राजा मरिहें, परजा मरिहें, मरिहें बैद्य और रोगी...चन्दा मरिहें, सूरुज मरिहें, मरिहें धरती अकासा...चौदह भुवन के चौधरी मरिहें, इनहुँ की का आसा... नाम अनाम अनन्त रहत है, दूजा तत्त्व न कोई, कहें कबीर सुनो भई साधो, भटक मरो मत कोई...

चिता की आग अब अपने अन्तिम भभकों के साथ जल रही थी। लपटें जैसे निर्गुन की धुन के साथ क़दम ताल कर रही हों। पूरी कायनात को मुँह चिढ़ाती इस धुन ने ध्यान की एक भूमिका से उठाकर दूसरी भूमिका में फेंक दिया। सजल आँखों गवैये के चेहरे को देखता रहा। जीवन और मौत की चिन्ता से परे उसके चेहरे पर उसने करुणा की गहरी लकीरें देखीं और देखा–एक पठार-सा धीरज।

आग शरीर को निगल अब शान्त हो रही थी। निर्गुन ख़त्म हो चुका था। लोग पसीने पोंछ रहे थे। हारमोनियम बन्द करते गवैये ने नारा लगाया–

'शिरीमान राम सनेही उर्फ़ इलाहाबादी उर्फ़ निरहुआ की' और सभी ने उच्च स्वर में कहा–'जय हो, जय हो।'

राम सनेही मृतक का क़ायदे का नाम था। इलाहाबादी नाम से उसकी पत्नी उसे पुकारती थी और निरहुआ के गीत वह बड़े शानदार तरीक़े से गाता था।

चिता की ठण्डती आग को तभी एक बुजुर्ग ने अपनी उँगलियों से टटोला, फिर खैनी बनायी, ठोंकी और उसे दबाते बेहद बेजान सी आवाज़ में बोले–'अब चला हो लोग, मैना फुर्र हो गइल।'

वे सब उठ खड़े हुए। एक स्वर में उन्होंने 'हर हर महादेव' कहा। फिर वे जाने लगे। वे जिधर से आये थे उधर से ही चले गये। उन्हें जाता मैं देखता रहा।

पीछे छूट गये महाब्राह्मण ने गंगा में स्नान किया, यहाँ-वहाँ बिखरी दक्षिणा समेटी और हाथ जोड़ अन्त्येष्टि के अन्तिम श्लोक पढ़े–'ऊँ शान्तं पापं...शान्तं पापं...मृत्योर्माऽमृतंगमय...वायुर्निलममृतंथेदम भस्मांतम शरीरं...ऊँ कृतो स्मर कृतं स्मर, कृतो स्मर कृतं स्मर...'

सिर झुकाये, कुछ मन्त्र नुमा बुदबुदाते, वह मेरे सामने से गुज़रा।

रात गहरा चुकी थी। मैं चिता के पास ठिठका खड़ा था। श्मशान में मौत की छाती पर चढ़ हुई यह मस्ती देख दंग था। 'भटक मरो मत कोई' का भाव संकल्प को किसी अजगर की तरह लील रहा था। मुझे आश्चर्य हुआ। क्या मौत की छाती पर खड़े होकर भी ज़िन्दगी के गीत गाये जा सकते हैं? आँसुओं के कीचड़ में भी क्या भरतनाट्यम की महा-मुद्रा सम्भव है? क्या ठीक से जीने के लिए मरण का भाव भी ज़रूरी है? मौत से लिथड़ी, चिपकी इस ज़िन्दगी या मौत के क्षण भी ज़िन्दादिल इस ज़िन्दगी का यह दुर्दम्य उत्साह देख मैं जीवन की अथाह सम्भावनाओं पर सोचने लगा।

सोच बदली तो संकल्प भी कटे। मैंने अनुभव किया कि विचार ही विचार को काटता है...और एक अच्छा विचार बुरे विचार को अन्ततः दबोच कर ख़त्म कर देता है।

पास की दुकान से ख़रीद एक सिगरेट को चिता की बची-खुची आग से सुलगाया और फिर उसी के पास बैठकर उसके गहरे कश लेने लगा। एक ज़हर अन्दर जाता था और भीतर के कई ज़हर को बाहर खींच लाता था। ज़हर ही शायद ज़हर को मारता है। मैंने सोचा, मोह रूपी ज़हर को मारने का भी कोई जहर ज़रूर होता होगा। क्या है वो? कहाँ है वह? बनारस में है कि दिल्ली में? मुझे लगा शायद

श्रीमदभगवद्गीता में हो..पर वह तो युद्ध के मैदान की बात थी! तो क्या प्रेम के मैदान में मोह से मुक्ति की राह बताने वाला सारथी कृष्ण कहीं कोई भी नहीं है?

मेरी तन्मयता को तभी एक गम्भीर, मरघटी-वाक्य ने तोड़ दिया–'ज़िन्दा हो बच्चा!!'

यह आदि भैरव शास्त्री थे, बनारस हिन्दू यूनिवर्सिटी के हिन्दी विभाग के अवकाश प्राप्त प्रोफ़ेसर, जो बग़ल में आकर न जाने कब के बैठ चुके थे, पर पता तक न चला। वे औघड़ बन चुके थे और सारा शहर उन्हें महागुरु कहता था। आजकल एक जर्मन महिला के साथ श्मशान-साधना में लीन रहते देखे जाते हैं। इधर, शहर में उनकी प्रभुता बढ़ी थी। कारण, एक सार्वजनिक मंच पर जबरन चढ़कर उन्होंने भावी प्रधानमन्त्री को नसीहत दे दी कि वाक् ऊर्जा का बेजा इस्तेमाल न करें। यह अध्यात्म के ख़िलाफ़ है।

कहते हैं, जब सरकार बनी तो प्रधानमन्त्री उनसे डरकर कुछ दिन तो चुप रहे पर इधर फिर से ज़्यादा बकबकाने लगे हैं। लोगों ने पूछा, 'महागुरु अब क्या करिएगा?' जवाब में उन्होंने कहा–'उसका स्त्री पक्ष कमज़ोर है, इसीलिए वाग्देवी चंचला हैं। मैं उसके लिए कर्ण-पिशाचिनी साधना करूँगा।' पर चौदह दिन तक एक कोठरी में बन्द हो अपना ही मल-मूत्र पीकर भवानी को प्रसन्न करने का समय भारत के प्रधानमन्त्री के पास कहाँ! पर चौराहे के लोग हैं कि प्रधानमन्त्री के इस चौदह दिनी वनवास की प्रतीक्षा में आज तक जमे हैं।

महागुरु, इस बीच मसान का यह सारा दृश्य देख, जाँघों में ताल देते ऐसे ख़ुश थे जैसे देव-अप्सरा उर्वशी का नृत्य देख रहे हों।

मुझे बेचैन देख उनके मुँह से कबीर बोल उठे–'कबीर मन्दिर आपने, नित उठि करता आल। मरघट देखी डरपता, चौड़े दीया डाल...'

फिर प्रेम से मेरे कन्धे पर हाथ रख वे आगे बोले–'सब ठाठ पड़ा रह जायेगा जब लाद चलेगा बंजारा!! अचरज त्यागो बच्चा! प्रेम जगाओ। प्रेम ही प्रेम का काउंटर भी है। यह मसान, जहाँ तुम बैठे हो, बड़ी ही जाग्रत जगह होती है। ऊपर से काशी का यह मसान! साक्षात शिव का वरदान! उसे यहीं जगाओ। इस मरघट में ही असली उत्सव जमता है बच्चा, क्योंकि यहाँ आकर सारी चाहनाएँ चकित और उदास हो जाती हैं। गीता कहती है–'जातस्य ही ध्रुवो मृत्युः ध्रुवो जन्म मृतस्य च' अर्थात जन्मे मनुष्य का मरना अटल है और मरे हुए का जन्म लेना निश्चित है। इसलिए जीवन-मरण दोनों का मौज लो पुत्र। हमारे ऋषियों ने भी कहा है–तस्माज्जातं मृग्वैव

सम्पश्यन्ति सुचेतसः अर्थात, विवेकवान व्यक्ति, जन्म और मरण को समान रूप से देखता है।'

यह कह वे मौन हो गये। मैं उनके शब्दों को खुरच रहा था।

महागुरु मुझे घूर रहे थे। वे फिर बोले–'तुमने जो यहाँ देखा वह राग भैरवी नहीं, मसान भैरवी था...राग भैरवी तो सुबह का राग है जिसका सुख अन्ततः ऐन्द्रिक ही है..पर मसान भैरवी, भीतर, आत्मा तक को झनझनाती है...और गाने के वक़्त का भी कोई झँझट नहीं..यह महाकाल को भी मुँह चिढ़ाती है। इसका अनुभव यह है कि यदि ठीक से जीना चाहते हो तो पहले मरण भाव को आत्मसात कर लो।'

महागुरु आँखें बन्द कर भीतर उतर गये। औघड़ के मुँह से 'बम भोले' सुन वे चेते। उसे गरियाते बोले–'चुप साला, औघड़ के नौ घर, बिगड़े तो शव घर।'

फिर संयत हो शून्य में देखते उससे पूछा–'तो अब तुम्हारा क्या इरादा है?'

मैं सकपकाया। आश्चर्य से बोला–'कैसा इरादा, महागुरु?'

जवाब सुन वे जोर से हँसे, जैसे कि सब कुछ जानते हों। फिर खड़े होते हुए बोले–'मेरा मतलब है कि तुम अब नीचे गंगा-दर्शन करने जाना चाहोगे कि मेरे साथ सीढ़ियों से ऊपर शहर की तरफ़ चलोगे?' वे रुके, पलटे और मेरी ओर गहरे देखते फिर कहा–'वैसे तुम जाओ किसी भी ओर पर अन्ततः पहुँचोगे श्मशान में ही।'

यह सुन मैं सहम गया था पर महागुरु इतना कहकर निकल चुके थे।

मैं भी चुपचाप उनके पीछे चल पड़ा।

चलते-चलते वे कह रहे थे–'जैसे बाज़ार जाते हो, वैसे ही यहाँ भी कुछ देर तक आकर बैठा करो। जीने मरने में कोई अन्तर नहीं है। असली बात है–होना.. और ठीक से होना तभी सम्भव है जब मृत्यु के साथ नैन-मटक्का चलता रहे। मृत्यु हमेशा स्मरण करते रहने की चीज़ है बच्चा, स्वयं वरण की नहीं। उसे ख़ुद चलकर अपने पास आने दो।'

उनके साथ सबसे ऊपर की सीढ़ी पर पहुँच मैं पलटा। उत्सुक नज़रों से मसान को फिर देखा...वे अब भी थीं...बत्तियाँ...सीढ़ियाँ...लकड़ियाँ...राजा हरिश्चन्द्र का पुराना मन्दिर...खिलखिलाती चाँदनी...कुत्ते...औघड़...और...और...बाँह फैलाये, साक्षी भाव से बहती, पतित-पावनी भगवती गंगा...सहसा कौंधा कि सायास किये गये संकल्प कर्म के अँधेरे खोखलों में छिपे रहते हैं और वक़्त आने पर फिर से कूद सामने आ जाते हैं। कहीं उन्हीं का समाधान तो पवित्रता नहीं!!

और तब रुका नहीं गया। बदहवास तेज क़दमों से सीढ़ियों से उतरा गंगा किनारे की मढ़ी पर चढ़ा...फेफड़ों में प्राण भरे...आँखें मूँद प्रार्थना की...देव सुरेश्वरि भगवति गंगे...त्रिभुवन तारिणि तरल तरंगे...और...और...गंगा में छलाँग लगा दी। जल को सिर से चीरते सीधा अन्दर घुसता चला गया।

औघड़ ने क्षण में मुझे आते, मढ़ी पर चढ़ते और शायद कूदते देखा। वह बदहवास चिल्लाया–'धत साला...हो! हो!...कूद गया हरामी...'

पर उस औघड़ और एक कुत्ते के अलावा मुझे बचाने को वहाँ कोई नहीं था।

मुझे अपने में समेट कर तब तक गंगा शान्त हो चुकी थी।

थोड़ी देर तक औघड़ सन्न खड़ा रहा। फिर धीरे से वह भी गंगा के पानी में उतर गया।

कुनमुनाता कुत्ता पानी में आश्चर्य से देख रहा था।

सहसा जल में हलचल हुई। औघड़ 'हो हो' कर डूब-उतरा रहा था।

तभी जल में फिर हलचल हुई। मैं बाहर उतराया। औघड़ की बाँह पकड़ी और तैरते-तैराते किनारे तक ले आया। औघड़ की साँसें ऊपर-नीचे हो रही थीं और अपनी लाल-लाल आँखों से वह मुझे घूरते हुए गालियाँ दे रहा था। पहले मुझे अचम्भा हुआ। फिर औघड़ के और पास आया और बनावटी क्रोध में जोर से चीख़ा–'चुप साला। तैरना जब नहीं आता तो कूदता क्यों है? पार जाने की चाहत क्यों रखता है?'

औघड़ सिहर गया। अचानक मैं हँसा। हँसता रहा। औघड़ ने मुझे पहचान लिया। उसने भी हँसना शुरू किया। फिर मैंने औघड़ की बाँह पकड़ी और नाचना शुरू किया। दोनों गोल-गोल नाचते रहे। नाचते हुए औघड़ से ही सुना जाप जोर-जोर से जपने लगा–'मोहिनी तेरा नाम...देखा महामोहिनी तेरे इल्म का तमाशा...देखा मोहिनी...' अन्त में पस्त होकर दोनों मसान की ज़मीन पर बैठ गये।

फिर औघड़ ने मेरी दाहिनी हथेली पर राख रख एक मन्त्र दिया–'बिस्मिल्लाह र रहमान र रहीम या सुलेमान बा हक़ रहमते शाह परी हाजर सो हाजर।' और बेहद अपनापे से उसने कहा–'इसे हमेशा याद रखना'। हिन्दू श्मशान में मिले इस सुलेमानी मन्त्र को पा मैं सचमुच विस्मृत हुआ। लगा कि शायद मसान ही वह जगह है जहाँ हिन्दू-मुस्लिम संस्कृतियों में रूहानी एकता है।

गाँजे के नशे में औघड़ की चेतना फना हो चुकी थी। अपनी काली कमली में दुबककर वह शायद सो चुका था। कुछ देर बाद मैं उठकर खड़ा हुआ। उधर की ओर चलने लगा जहाँ थोड़ी देर पहले चिता जली थी। देखा–राख...मैंने मुट्ठी भर

उठा ली और फूँक मार उसे दिल्ली की दिशा में उड़ा दिया। फिर चारों तरफ़ उसे खोजा–ज्योति! नहीं...नहीं...मौत! पर वह, वह दोनों, वहाँ नहीं थी...वे अन्दर भी नहीं थी...वे अब कहीं भी नहीं थी...मैंने सोचा–उन्हें इस तरह कहीं होना भी नहीं चाहिए।

'साधो इ मुर्दों का गाँव' पद गुनगुनाते मैं सीढ़ियों से ऊपर चढ़ने लगा। इधर औघड़ अचानक जग चुका था। वह गुनगुनी राख में अपने दोनों हाथ डाल कुछ खोजने लगा था...उसकी गुनगुनाहट साफ़ सुनी जा सकती थी–'ठगिनी क्या नैना झमकावे...कद्दू काट मृदंग बनावे, नीबू काट मजीरा...पाँच तरोई मंगल गावें, नाचे बालम खीरा... रूपा पहिर के रूप दिखावे, सोना पहिर रिझावे...गले डाल तुलसी की माला, तीन लोक भरमावे...ठगिनी...'

औघड़ को ऐसा करते देख मैं मन-ही-मन हँसा। उस पर दया आयी। मन हुआ कि औघड़ को अपने साथ ऊपर ले जायें। पर वह शायद नहीं आता। गहरी ग्लानि में मैं ऊपर चढ़ता गया।

ऊपर पहुँच सामने शहर की ओर नज़र दौड़ाई। झिलमिलाती रोशनियों में वह ऊँघ रहा था। मुझे वह जगह-जगह से जलता, सुसुआता, मसान के एक अन्तहीन मैदान के रूप में लगा। कबीर याद आये–'ऊँचा महल चुनाइया, सुबरन कली दुलाय...वे मन्दिर ख़ाली पड़े, रहै मसाने जाये...'

महागुरु काफ़ी आगे निकल चुके थे। मैंने अपने पैरों को गति दी। थिरकते शव-सा मस्त, अब शहर में मैं लौट रहा था। जलती आँखों में बस आचार्य का चेहरा घूम रहा था। मन में प्रतिहिंसा सुलग रही थी।

जवानी का जोश बुढ़ापे की वासना बन गया

प्रति हिंसा में सुलगते उन्हीं दिनों जेएनयू के मेरे सीनियर मेघनाथ चौहान; जो पीएच.डी. कर के अब डॉक्टर हो चुके थे; जिन्होंने उस कमरे को रिझाने के लिए कभी निहायत ही जहीन कविताएँ लिखी थीं, पर जिसे आचार्य ने इरादतन उन कमरों से लगातार खदेड़ा था और इस कारण निराश हो जो बाद में ख़ूनी कारनामों में अपना हाथ आजमाने लगे थे; तिहाड़ जेल से जमानत पर छूट मुझसे मिलने आये थे। उन्होंने ज़ुबान के बेहद पक्के हत्यारे, बच्चा गहड़वाल को अपना नया गुरु बनाया था और उसके साथ जघन्य अपराध कथाओं को रचने में तल्लीन हो गये थे। उनकी कथाएँ बेहद चाव से पढ़ी जाती थीं और उनकी हकीकतों पर पुलिस और अदालतें बहस करती थीं। एक बीस हत्याओं वाली कथा की हकीकतों पर बहस हेतु उन्हें कुछ दिनों के लिए तिहाड़ जेल में रहने का आमन्त्रण मिला था।

सुबह सुबह निर्मल सन्त-से लगते, रामचरितमानस के पन्नों को पलटते बैठे वे, जब मुझे उसके नये मतलब समझा रहे थे तभी मैंने गिड़गिड़ाते हुए आचार्य की कारस्तानियों को उनसे बताया और होने वाली लड़ाइयों में मदद माँगी। आचार्य का नाम सुन वह धुआँ हो उठे। आँखें बन्द कर वह अन्दर की हलचल मिटाते रहे। फिर सजल आँखों, उदास हो मेरा हाथ पकड़ उन्होंने कहा था कि 'देखो, इन मरे हुओं को क्या मारना यार! अजीब लोग हैं ये जो न दिल में हैं न दिमाग़ में। इन्हें देख तो वह बंगाली कविता याद आती है कि 'जवानी का जोश बुढ़ापे की वासना बन गया',पर फिर भी तुम जिद करते हो तो ठीक है। लेकिन मेरा यह सिद्धान्त याद रखना कि मारना है तो मारना है। सोचना कुछ नहीं है।'

उनकी बात से मुझे सुकून हुआ। आचार्य को अपना शिकार बता बाक़ी जो भी बीच में आये उन्हें मैंने उसके सिद्धान्तों के हवाले कर दिया। मेरे अन्दर की कठोरता अब मुकम्मल हो चुकी थी। उसी रात उन्हें मैंने कई सुपारियाँ सौंप दी थीं। मुझे गले

लगा कर मेघनाथ चौहान ख़ून के समुन्दरों में छिप के बैठ गये थे।

सहारा पा, मेरे ख़ून में अब हिम्मतों की लहरें उठने लगी थीं और तब जबकि मैं खुलेआम आचार्य के नाम की गालियाँ हवाओं के नसों में भरने लगा था, आसमान के सप्तऋषियों ने मेरा रास्ता रोक लिया। आसमान का बृहस्पति द्वार खोल वे बरजे–'गुरु जैसे हैं वे तुम्हारे, बेटे। गुरु-द्रोह नीचतम पाप है। इसका कोई प्रायश्चित्त नहीं है। ये कर्म तुम्हे घोरतम नरकों में ले जायेगा।'

पर लट्टू की तरह नाचता मैं उन पे चिल्ला रहा था–'नीचतम कर्म जब वे कर रहे थे तो आपने उन्हें रोका क्यों न था? आपके सुझावों पर मुझे सन्देह है। रही प्रायश्चित्त की बात तो गीता में भगवान कृष्ण कह गये हैं...ज्ञानाग्नि सर्वकर्माणि भस्मसात कुरुते तथा...ज्ञान की अग्नि सभी कर्मफलों को भस्म कर देती है... इसलिए कृपया खिड़की बन्द करें और सोते रहें आप लोग।'

और तब मुझे पुचकारते मेरे कानों में धीरे से वे कह रहे थे–'देखो, सफ़ेद राक्षसों पर अधिक विश्वास मत करो। सात तारों की मर्जी और मदद के बिना तुम ये कर न पाओगे। हम तुम्हारे हृदय को समझते हैं। यह लड़ाई ज़रूरी है चाहे जैसे भी लड़ी जाये। तुम अपना संकल्प पूरा करो किन्तु हमें तुम्हारी आत्मा को निकाल, खौलते तेल के कड़ाहों में रख, शुद्धीकरण करते रहना होगा, ताकि सातवें आसमान के ज्ञान के अहंकारी देवता प्रसन्न हो सोते रहें। और दूसरे तुम हमसे वादा करो कि गुरु-हत्या का प्रयास नहीं करोगे।'

आत्मा के रहने से मैं बेचैन ही रहता सो उसे तुरन्त निकाल उनके हवाले किया और यह वादा भी कर गया कि 'गुरु-हत्या मेरे संकल्पों में शामिल नहीं है, पर हाँ, ज्ञान के इस कुरुक्षेत्र में अगर स्वयं उन्होंने आत्मघात कर लिया तो इसमें मेरी ज़िम्मेदारी न समझी जाये।' वे सन्तुष्ट हुए। और तब उन्होंने मुझे चारों तरफ़ से अपने घेरे में ले लिया।

और तब, महामृत्युंजय मन्त्र की छाँव तले, मुझे, गम्भीर वशिष्ठ ने आत्म-नियन्त्रण सिखाया। आत्मलीन विश्वामित्र ने सर्जना की छड़ी दी, प्रकृति लय कण्व ने सोम-रस पिलाया, तेजस्वी भारद्वाज ने शक्ति के मन्त्र कानों में फूँके, कर्मठ अत्रि ने यज्ञ की क्रियाएँ बतायीं, आनन्दित वामदेव ने मन में संगीत भरा और महाज्ञानी शौनक ने एकाग्रता का बीज दिया। फिर सबने मुझे विजय का आशीष दिया और लड़ाइयों को देखने के लिए मानस की चौपाइयों में छिप कर वे सब बैठ गये–'हरषि शप्तऋषि गवने गेहा।'

और उसके बाद, शुक्र की महादशा लगने पर, सात तारों की खुली निगाहों के नीचे, स्वप्न, इच्छा और ख़तरनाक लगते कर्म के मेल की ताक़त से मैंने आचार्यवर को ललकारा था। मेरे सपने लगातार उनका पीछा करते। अकादमिक दुनिया में, उनके ख़िलाफ़ रोज उड़ती अफ़वाहों ने उन्हें हिला दिया था। कलम और मुँह से उन्होंने पाप की नदियाँ बहानी शुरू कर दीं पर मैंने उस कमरे में उनकी घेरा-बन्दी नहीं छोड़ी, तो नहीं छोड़ी।

इस सदी की शुरुआत में ही हुईं ये घटनाएँ कोशिश करने पर शायद आपको याद आ जायें। अदबी दुनिया में हलचलें मच चुकी थी। दुनिया के अन्तिम कोने का कलमकार भी मेरे और आचार्य के सम्पर्कों में था। बड़ी-बड़ी अकादमियों ने आचार्य के पक्ष में बयान जारी किये। यहाँ घुस आये हुकूमत के अधिकारियों ने आचार्य की हौसला अफजाई की और उन्हें इस्पात की चहारदीवारों के पीछे छिपा लिया। पर मेरे अब दोस्त बन चुके मेघनाथ चौहान ने, उनके छिपने के हर सरकारी ग़ैर-सरकारी अड्डों को ढूँढ़ निकाला और आग उगलते बमों से उड़ा दिया। बमों ने मीडिया का ध्यान खींचा और उसने आचार्य की सुरक्षा में हो रहे ख़र्च को समाचारों में उगल दिया। परेशान हो हुकूमत ने हाथ खींच लिया। और अगर आपको याद हो तो इसी मानीखेज घटना पर, सुदूर जंगलों के उस कम उम्र लड़के ने भावुक हो 'साहित्य और राजनीति' के गठजोड़ पर एक बेहद क्रान्तिकारी कविता लिखी तथा जिसके लिए उसे उस वर्ष एक बड़े पुरस्कार से नवाजा गया था।

आगाज अच्छा हुआ था, पर जल्द ही खेमेबाजी भी बन गयी थी। और कहना न होगा कि इस लड़ाई में कहानियाँ खुल कर आचार्य के साथ रहीं। उपन्यासों की सहानुभूति मेरे साथ थी पर वे परजीवी, तटस्थता के स्विटजरलैंड बने रहे। आत्मकथाएँ अनिर्णय का शिकार रहीं। आलोचनाओं का सैद्धांतिक समर्थन आचार्य को मिला। पर, कविताओं ने मेरा साथ दिया।

मेरी लड़ाई में, मोर्चे पर आगे कविताएँ ही रहीं। और अदब की दुनिया का यह एक अदभुत दौर था जब भयानक और ख़तरनाक कविताएँ जगह-जगह से उठने लगीं। गाँवों, जंगलों और शहर के पिछवाड़ों से निकल ये कविताएँ बड़ी बड़ी अट्टालिकाओं, गड्ढों और मठों में घुसने लगीं। अदब की दुनिया का सन्तुलन बिगड़ने लगा। हुकूमत ने सेंसर लगाया, बाज़ार ने ख़रीद पर रोक लगायी, पर सिलसिला रुका नहीं। कविताओं से, आचार्य के खेमे में, डर का एक माहौल सा बन गया। ऐसे में आचार्य के समर्थन में आयीं आलोचनाओं ने ये दिलासा दिया कि घबराने की कोई बात नहीं। ये अशक्त कविताएँ मात्र हैं। ये भावोच्छ्वास हैं, विदेशी

प्रभाव की हैं, फासिस्ट हैं, जनविरोधी हैं, सत्ता विरोधी हैं, अभारतीय हैं। बिना हमारी व्याख्या और समर्थन के ये अर्थहीन और दो कौड़ी की हैं।

अदब के इन्द्रासन पर, बकरे की कलेजी खाते बैठे उस आलोचक ने तब यह कहकर सबको और चौंका दिया कि 'अमेरिकी मदद से कुछ लोग, अमूर्त कविताओं के सहारे, देसी अदब की संस्कृति पर, अन्दर से हमले कर रहे हैं। ये दक्षिणपन्थी अराजक लोग हैं। उनका निशाना फिलहाल आचार्य हैं। हमें सावधान रहना होगा और आचार्य के हाथ मज़बूत करने होंगे।'

पर मैंने और कविताओं ने इसकी परवाह न की। यह दबाव इतना प्रबल था कि अक्सर उस कमरे में मैं लड़ाई में भारी पड़ जाता। पर बाद में इससे घबराकर आचार्य ने पैंतरा बदल लिया। उन्होंने उस कमरे में होने वाले सवालों और जवाबों से कविताओं को बेदख़ल करा दिया। अपनी इस महत्त्वपूर्ण जीत पर वे काफ़ी ख़ुश हुए थे और कमरे से बाहर निकल गलियारे में मुझे फिर धमकाया था। यह एक डेडलाक-सा था। मैंने उन्हें चेताया था और अदब से बाहर के जंगी मैदानों में उन्हें खींच लाने की प्रति-धमकी दी थी। पर निडर दिखे वे बेहयाओं की तरह हँसते रहे।

मैं भी हँसा, क्योंकि ठीक उसी दिन उनकी कुंडली के बारहवें घर में, पहले से रह रहे सूर्य, केतु के साथ अब मंगल भी रहने आ पहुँचा था। यह जातक का बड़ा ही ख़तरनाक घर होता है।

पर दिमाग़ी रूप से मुझे यह तोड़ देने वाला वाकया था। लगभग उदास रहते इन दिनों, जब मैं अँधेरे में उधेड़बुन में बैठा रहता और मेघनाथ चौहान बार-बार यह कहते कि 'आचार्य जी शेर नहीं भेड़िया हैं। उनसे शेरों की तरह नहीं लड़ा जा सकता, और न ही ठेंठ अदबी तरीक़े से। तुम कहो तो सीधे उन्हें काट डाला जाये', पर मैं उन्हें मना करता और भीतर के अँधेरों में खोया रहता। तब कविताएँ मुझ में साहस भरतीं। रणनीतियों में वे कमजोर थीं, पर विचारों में अडिग। पर, मेरे सारे हथियार फेल हो चुके थे। और अब विराग-सा मन में छा रहा था। लड़ाई की कुछ-एक रणनीतियाँ मेरे मन को भाती न थीं।

लेकिन लोग मुझे माफ़ करें, कविताओं ने ही मुझे मजबूर कर दिया था। एक दिन, एक बेहद ईमानदार कविता के गुप्त तहखाने में मुझे रिवाल्वर मिला। एक बहुत छोटी कविता ने उसमें ढेर सारी गोलियाँ भर दीं। अपेक्षाकृत एक लम्बी कविता ने बन्दूक़ से शहरों में लड़ने की ट्रेनिंग दी। और दोस्त मेघनाथ चौहान पीछे से 'उल्लहा उल्लहा' कर उकसाता रहा।

आचार्य का दिमाग सन्न करने के लिए यह लड़ाई का टर्निंग प्वाइंट था। मुझे अब केवल आचार्य की छाती भर दिखनी थी और कविताओं ने यह काम आसान किया। यह देखना रोमांचकारी था कि उन कविताओं ने आचार्य की कहानियों पर बेतरह हल्ला बोल दिया। कहानियाँ इस लड़ाई में बुरी तरह हारीं। अदब की दुनिया में यह लड़ाई 'गद्य और पद्य पर निर्णायक बहस' के रूप में भी जानी गयी, जिस पर इस दशक में कई शोध लिखे गये और सेमिनार किये गये। इस जीत की ख़ुशी में कविताओं ने अव्ययों और क्रियाओं को कहानियों से छीन लिया। अदब के पन्नों पर बाढ़-सी फैल रही कविताओं के सहारे मैं यह लड़ाई लगभग जीतने को था कि आचार्य फिर नीचता पर उतर आये और उन्होंने मुझे हराने के लिए पूरे इंटरव्यू के ख़िलाफ़ वीटो कर दिया। अदब के संस्थानों में हल्ला मच गया। ऐसा पहली बार हुआ था। पर सारी कायनात उनके समर्थन में चुप रहीं। कहीं कहीं दबी ज़ुबान उनकी थू-थू ज़रूर हुई।

और तब आप याद करें तो, मौक़ा पा इन्हीं दिनों उस बड़े मशहूर कवि ने खुले आम निर्भीक हो यह कहा था कि 'भूमण्डलीकरण के ख़िलाफ़/अब/केवल कविता खड़ी है'। आप को बताता चलूँ कि ये शब्द मेरे दोस्त मेघनाथ चौहान की कभी लिखी एक कविता से उन्होंने उड़ाये थे।

ख़ैर, वीटो के बाद आचार्य अब खुले में आ गये थे। उन ईमानदार पर ख़तरनाक कविताओं की ताक़त से चल रहे मेरे आपराधिक-से लगते कृत्यों का दबाव बढ़ता जा रहा था। रिवाल्वर की नली में गोली बन बैठी उस बेहद ख़तरनाक कविता को उन्होंने देख लिया था, जो अभी बाहर थी पर अन्दर भी चल सकती थी। भयभीत उन्होंने आलोचकों की ओर देखा। पर रिवाल्वर के टक्कर का कोई प्रतिमान उनके पास न था। उनका साथ छोड़ वे कायर आलोचक तब भाग चले और अदब के अँधेरे इतिहासों में अपने को छिपा लिया। पर मेरे उस हत्यारे दोस्त मेघनाथ चौहान ने उन्हें खोज निकाला और ख़ून के महासागरों में काग़ज़ों की तरह फाड़ कर चिन्दी-चिन्दी बिखेर दिया।

आचार्य अब अकेले थे। बन्दूक़ की गोलियों का आकार धर पीछा करती कविताओं से सपनों-तक में अपने को बचाते। मैदानों में अब वे रावणों की तरह नकली माया रचते, कमरों में मन्त्रों का उच्चारण कर प्रेतों का आह्वाहन करते। और ऐसी लड़ाइयों में मेरी मन्त्र कविताओं ने उन नक़ली दशाननों को छिन्न-भिन्न कर दिया था। अपने ही ख़ून से बने कीचड़ों में फँसे वे मुझे कर्ण से दिखाई पड़ रहे थे। पर मैं उन्हें मारना नहीं चाहता था। सात तारों से किये वादे का मुझे ध्यान था।

सच कहूँ तो, कमरा-दर-कमरा चलती आँखमिचौली के इस खेल में अब मुझे मजा भी आने लगा था। वैसे, कमरों की नयी डिज़ाइन बनाने के लिए पुरानी डिज़ाइनों के खोट को जानना भी ज़रूरी होता है।

और तब मेघनाथ चौहान की सलाह पर, 'ताबूत में अन्तिम कील ठोंकने' की तर्ज पर, आचार्य को डराने हेतु इस अहिंसक रणनीति को मैंने मंज़ूर कर लिया। ब्रह्म-मुहूर्त का समय चुना गया जब वे परिसर में टहलने निकलते थे। सड़क के किनारे पौधों में छिपे हम दोनों ने लगातार उनके दायें, बाएँ, ऊपर और नीचे गोलियाँ दागनी शुरू कीं। अचानक इस गोलीबारी से वे भयाक्रान्त हो उठे। वे कभी ठिठकते तो कभी तेज़ भाग चलते। भागते भागते वे चौराहे के बीच खड़ी गांधी की मूर्ति के पीछे जा छिपे। एक गोली से गांधी की लाठी टूट कर गिर पड़ी। उन्होंने चौंक कर चारों ओर देखा और बदहवास फिर भाग चले। उन्होंने परिसर से बाहर आने का रास्ता चुना।

अब वे मुख्य बाज़ार में थे। पीछे से आती गोलियों ने सड़क के पलस्तरों को उखाड़ना शुरू किया। मेघनाथ ने एक गोली से उनकी धोती फाड़ दी। मैंने आँख तरेर मना किया उन्हें। धोती उठा वे लगातार भागते रहे। पसीने से तर-बतर, डरे जब वे थाने में पहुँचे तो उन्होंने दरोगा के पैर पकड़ लिए। उन्होंने मेरे ख़िलाफ़ एफ.आई. आर. लिखाई तथा तत्काल गिरफ़्तारी की माँग की। पर दारोग़ा ने पहले जाँच करनी चाही। और जाँच में उन्हें झूठा पाया गया। क्योंकि ठीक उसी समय मैं अस्पताल में सर्दी-जुकाम का इलाज कराने भर्ती था। उन्हें पुलिस द्वारा मेरे ख़िलाफ़ और पुलिस को परेशान करने के लिए दोबारा ऐसा न करने की चेतावनी दी गयी।

आचार्य अब बदहवास और किंकर्तव्यविमूढ़ हो गये थे। दिमाग़ी लड़ाइयों से जुदा, पानीपत के हकीकी मैदानों में जिस्मानी कलाबाजियों से लड़ने का अनुभव उन्हें शायद न था। उनकी जान पर अब बन आयी थी। सूर्य मंगल और केतु उनके बारहवें घर में तोड़-फोड़ मचा चुके थे। दसवें घर में बृहस्पति का प्रकाश-स्त्रोत हल्का पड़ रहा था। शनि और राहु की उस पर दृष्टि भी थी। और ज्योतिषाचार्य लक्ष्मण दास इन दोषों के निवारण में असफल हो रहे थे।

उधर, बृहस्पति के नौवें घर से होकर आता मूल प्रकाश मेरे बारहों घर को रोशन कर रहा था। लग्न में बैठा शुक्र दमक रहा था। दसवें घर में आ बैठा मंगल नौकरी-योग बना रहा था। और बड़ों को देख छोटे नक्षत्रों ने मेरे हित में आकाश को फैला दिया था।

कविता और रिवाल्वर

रिवाल्वर के साथ साथ, ग्रहों और जातक के इस गणित को भी आचार्य समझते थे। एहतियातन, एक विदेशी कविता को उन्होंने शान्ति-दूत बना मेरे पास भेजा। मैं तैयार था, पर शर्तों के साथ। बहुत ना-नुकुर के बाद आख़िरकार मजबूरन सन्धि की इस शर्त को उन्हें मानना पड़ा कि उसी कमरे में पूर्व-नियत एक मजमा बना कर उन्हें प्रायश्चित्त करना होगा और असफल होने पर उन्हें आलोचकों की मौत मरने के लिए तैयार रहना होगा। शराबों के दरिया में तैरते और ख़ूनी कल्पनाओं में डूबे मेघनाथ चौहान ने उन्हें आलोचकों के कटे सिरों के वीडियो दिखा दिये थे।

त्राहि माम करते-करते आख़िर में उन्हें वह करना पड़ा जो उन्होंने सपने में भी न सोचा होगा। उस कमरे को उन्हें सुहागिन की तरह सजाना पड़ा और दूल्हे की तरह मेरा स्वागत करना पड़ा।

दास्तानों में छिपी इन हकीकतों को आप चाहें तो सच मानें। उस कमरे में, इतिहास का यह एक बिल्कुल अनोखा और अद्भुत आयोजन था जहाँ कीड़ा छिपकलियों को चबा रहा था। आज सोच के हँसी आती है और ग्लानि भी पर यह बिल्कुल यूँ ही हुआ था। भयानक ख़बर की कविताओं ने उस कमरे को चारों ओर से घेर रखा था। पूरे परिसर में कर्फ्यू-सा सन्नाटा पसरा था। मेघनाथ चौहान को बाहर खड़ा कर, बिना बारी के उस कमरे में मैं धड़धड़ाते घुसा था।

मेरा आतंक वहाँ पहले से मौजूद था। सबके चेहरे लटके हुए थे। आचार्यवर मुझे देख हाथ जोड़ उठ खड़े हुए थे। दीवार पर टँगी हँसती मोनालिसा की पेंटिंग के ठीक सामने की कुर्सी को खींच, एक टाँग पर दूसरी रख मैं इत्मीनान से बैठ गया था। बहुत देर तक कमरे में सन्नाटा बना रहा था। आख़िरकार मुझे ही कहना पड़ा था कि 'कुछ पूछेंगे नहीं क्या आप लोग?' किसी में साहस न हुआ था। तब मैंने आचार्य को घूरा था। वे हड़बड़ाते हुए कह रहे थे–'कुछ विशेष तो क्या पूछना आपसे। उ सब

तो आप जानते ही हैं। बाक़ी इसके बाद मेरी विनती है कि आप हमसे प्रसन्न होइए और वह सब टेंशन ख़त्म कीजिए।'

यह सुन निर्निमेष मैं उन्हें ताक रहा था। इस एक आदमी के कारण मुझे ये सब करना पड़ा था। अब उन पर दया आ रही थी। कविता से रिवाल्वर निकाल उन्हें निशाना करते मैं धीरे-धीरे बोल रहा था–'इसका ट्रिगर दबाना बहुत आसान है प्रोफ़ेसर। लेकिन फिर आदमी ख़त्म हो जाता है। पर जैसे आप मारते हैं, उससे आदमी मरता नहीं, तड़पता रहता है। मरना चिन्तनीय नहीं है, पर तड़पना है। किसी को मार देना ग़लती है, विक्षिप्तता है,पागलपन है, अपराध है, पर किसी को तड़पता छोड़ देना घोरतम पाप है। और आप सब यही करते हैं। इसकी माफ़ी सम्भव नहीं। एक माफ़ियागीरी-सी चल रही है इन कमरों में। इस कमरे को आप सबने गन्दा कर दिया है। यहाँ होने वाली प्रक्रिया ग़लत नहीं है। ग़लत हैं वे लोग जो अपने को नियन्ता समझ बैठते हैं। ज्ञान की ऊँची श्रेणी पाये एक युवक की गरिमा तक आप छीन लेते हैं। किसी सिरफिरे से तो क्या कहें, पर आप लोगों से तो ये उम्मीद कतई नहीं की जा सकती।'

मुझे नहीं पता कि इसका असर क्या हुआ। रिवाल्वर वहीं छोड़ मैं निकल चुका था। शाम को आचार्य ने रिवाल्वर लौटाते हुए वह लिफ़ाफ़ा भी दिखाया जिसमें चयनित हुआ मेरा नाम था तथा जिसे उन्होंने मेरे सामने ही सील किया था। यह आश्चर्यजनक किन्तु सच था। ठठाकर मैं हँसा था। मैंने उनके पैर छुए, उन्हें चाय पिलायी तथा श्रीमदभगवद्गीता भेंट की। हाथ जोड़ धुँधली आँखों से मुझे देखते हुए वे जब वापस लौटने को हुए तो मैंने कहा–'भूल जाइए सब और आशीर्वाद दीजिए।' पर उन्होंने आँखें नीची कर लीं। उदास हो रिवाल्वर मैंने कविता को वापस सौंप दिया।

शुक्र की महादशा में मंगल की अन्तर-दशा अब अपने पूर्ण रूप में लग चुकी थी।

उद्धरेत आत्मना आत्मानं

सपने की बदली डिज़ाइन को मिटाना मेरे लिए आसान था, पर आचार्य वह नहीं कर पाये।

उनका चमकता चेहरा इधर स्याह हो चला था। कभी किसी भी विषय पर धड़धड़ाते बोलने वाले वे अब अक्सर मंचों पर भकुवाने लगते थे। और अगर कहीं मैं वहाँ दिख गया तो चुप-चाप कुर्सी पर नत-नयन धँस जाते थे। शाम को, घाटों पर लगातार बुदबुदाते उन्हें घूमते देखा जाता था। हाथ की छड़ी को वे आसमान के कलेजे में घोंपते रहते।

लोगों ने बताया कि मेरी मौत हेतु उन्होंने औघड़ों की तन्त्र विद्या का सहारा लिया। अपने घर की लाइब्रेरी में लगातार चौदह दिनों तक कर्ण-पिशाचिनी की गुप्त साधना की। अपना ही मूत्र और गू पीते खाते, साधना के अन्तिम चौदहवें दिन जब वे उस कमरे से बाहर निकले तो लगभग बेहोश थे। पर उस हालत में भी मेरे बारे में पता कराया। पर मैं तब भी सही सलामत जिन्दा था। यह सुन उन्हें तगड़ा सदमा लगा था। उनके पड़ोसियों ने बताया कि पागलों की तरह, रातों को वे ज़ोर-ज़ोर से मुझे गालियाँ बकते रहते। कहते हैं कि कर्ण-पिसाचिनी जिसके लिए सिद्ध होती है अगर उसे नहीं खा पाती तो साधक को ही खाने लगती है।

वैसे, शहर के लिए वे सचमुच ही पागल हो चुके थे। केवल मैं जानता था कि वे स्वस्थ हैं। पहले से भी ज़्यादा स्वस्थ। अक्सर,किसी सड़क पर उनसे निगाहें मिल जातीं तो वे सहम कर किसी आदमी, किसी गुमटी का ओट ले लेते। मैं उन्हें देख मुस्कुरा-भर देता और शायद इससे उन्हें आग लग जाती। पर वे मेरा कुछ न कर पाते। और अब शायद चाहते भी न थे।

इधर, कई दिनों से उन्हें देखा नहीं गया था। जितने मुँह उतनी बातें। छात्रों में कुछ यूँ अफवाहें थीं कि दुर्गा सप्तशती के उलटे जापों से उनकी प्राणवायु उलट गयी है।

चौराहों पर ये ख़बरें थीं कि किसी के ख़िलाफ़ उन्होंने देश के वजीर को एक पत्र लिखा था पर पढ़ने-लिखने वालों से बेपनाह नफ़रत करने वाले उस वजीर ने उन्हीं के पीछे जासूस लगा दिये। उनका जीते जी घर से निकलना अब असम्भव था।

और यह होली के आसपास पता चला कि अपने घर की किताबों से भरे उस बड़े कमरे में उन्होंने अपने को आग लगा ली। अदब के किसी आचार्य द्वारा चुनी गयी यह एक अनोखी मौत थी। कहते हैं आलोचनाओं ने उन पर लगातार घी डाला था। कुछ ने उन्हें भयानक अट्टहास करती कर्ण-पिसाचिनी की गोद में बैठ जलते देखा था। वे सिद्धासन में बैठ, दोनों एड़ियों से गुप्तांगों को मसलते, आर्त भाव से ज़ोर-ज़ोर चिल्ला रहे थे–

'ऊँ लिंग सर्वनाम शक्ति भगवती कर्ण-पिशाचिनी चण्ड रूपी सच-सच मम वचन दे स्वाहा...ऊँ हं हन स्वाहा...'

देखा यह भी गया था कि आग को और सुलगाने के लिए, किताबें खुद-ब-खुद अलमारियों से कूद-कूद उनके शरीर से बेतरह लिपट जाती थीं। मुझे लगता है कि भीतर के दुश्मन उनकी मौत के ज़िम्मेदार थे। वे आग के नजदीक न गये होंगे, आग कहीं से चल ख़ुद उनके पास आयी होगी और अचानक उन्हें लग गयी होगी।

उनके मरने के बाद, कभी उनका दाहिना हाथ माना जाने वाला पर अब उनके मरने से ख़ुश, एक बहुत बड़ा आलोचक ख़बरनवीसों को यह बता रहा था कि 'उनमें व्यक्तिगत बुराइयाँ भी काफ़ी थीं। पर वे हमारे समय की मजबूरियाँ अत: सच्चाइयाँ हैं। अपनी नीचताओं के साथ वे एक महान इन्सान थे। अग्नि में स्वयं का होम कर देना एक संवेदनशील कर्म है। इस देह-त्याग से उन्होंने साहित्य एवं समाज के सामने एक ऊँचा आदर्श रखा है। नयी पीढ़ी को उनसे बहुत कुछ सीखने की ज़रूरत है।'

आचार्य की मौत को सन्देहास्पद माना गया। मेरे विरोधियों ने इसे बेतरह हवा दिया। मजबूरन हुकूमत को जाँच कमेटी बैठानी पड़ी। कमेटी के लोगों ने बहुत तेज़ी से दौड़-भाग की। मुझसे कई बार पूछताछ की गयी। पर अन्तत: आत्महत्या के आगे सुई नहीं घूमीं। हताश हो कमेटी ने एक रिपोर्ट सरकार को भेजी जिसका लब्बोलुआब ये था कि 'आचार्य की मौत एक गहरे दुष्चक्र की ओर संकेत करती है। ऐसा लगता है कि अदब की दुनिया भी अब उतनी साफ़-सुथरी नहीं रही। अपराधी मानसिकता के लोग यहाँ भी घुस आये हैं। स्वयं आचार्य के चरित्र के बारे में भी ऐसे बयान मिले हैं,

जिन्हें हुकूमत की नज़र में नत्थी किया जा रहा है। कमेटी सिफ़ारिश करती है कि सरकार इस रिपोर्ट को प्राथमिकता से लेकर उचित कार्रवाई करे।'

आचार्य की मौत से वे कमरे एकबारगी अनाथ हो गये। उनके जैसा गणितकार अब दूसरा न था। और कहते हैं कि इन्ही दिनों माँ की छातियों जैसे पवित्र इन कमरों में से कुछ सुन्दर और अर्थवान गीत गुनगुनाते हुए निकल गये। अब कमरों में उन्होंने अच्छा महसूस किया। पंच उनके साथ इन्सान बन पेश आये। ख़ुद मैंने मेघनाथ चौहान को प्रेरित किया, जिन्होंने उत्साह में अपने पुराने काग़ज़ों को फिर इकट्ठा किया। उनका गुरु, बच्चा गहड़वाल, ख़ुद उसे उस कमरे तक छोड़ने गया था और उनकी सफलता के लिए ख़ुदा से दुआएँ माँगी थीं।

अलकनन्दा के जिस पानी ने मुझमें नफ़रतों को घोल दिया था, उसी ने मेघनाथ चौहान को शीतल कर दिया। कहते हैं कि उस कमरे में उनने अपनी बेहद मार्मिक कविताओं से सबका दिल जीत लिया था। सफलता की ख़ुशी वाली रात में, अपने जीवन में अन्तिम बार उसने बन्दूक़ की आवाज़ों से पहाड़ों का सीना पानी कर दिया था। रात-भर ख़ूनियों के उस जमघट में 'वाह-वाह' और 'फिर से कहो' की आवाज़ें आती रहीं। आज वह उन्हीं अलकनन्दा के किनारों में बसे अदब के एक बेहतरीन उस्ताद है। अभी हाल में उनका कविता-संग्रह–'हत्या के विरुद्ध' छपी है, जिसके बारे में कहा जाता है कि उसने ख़ूनी कहानियों को एकबारगी दर-बदर कर दिया।

मेघनाथ की सफलता ने उसकी दुनिया के पढ़े-लिखे कई अन्य ख़ूनियों को भी प्रेरित किया तथा बाद में उनमें से कई लेक्चरार हो गये। आज भी इन अनहोनियों को, लोग मज़ेदार तरीक़े से इस शे'र में याद करता है–

'ख़ुदा की दरगाह से सब गधे फरार हो गये...
कुछ को पुलिस ने पकड़ा तो कुछ लेक्चरार हो गये...'

आचार्य की मौत का बाख़ुदा मुझे उतना दुःख नहीं है। पर अपनी उस ज़िन्दगी से जब एक बार ग्लानि हुई तो उन कविताओं से जिरह किया मैंने। जवाब में आसमानी किताब की एक आयत मेरे सामने रख दिया उन्होंने। जिसके शब्द थे–'उद्धरेत आत्मानं आत्मानं' अर्थात 'अपनी ही आत्मा से आत्मा का उद्धार करो।'

'पर, मेरी आत्मा तो सात तारों ने खौलते तेल के कड़ाहों में डाल रखी है।' मेरे यह कहने पर वे मुस्कराती हुई सात भूमियों की समाधियों में उतर गयी थीं। उनकी मुस्कराहट देख मुझे मोनालिसा की याद आयी थी, जिसे मैंने अपने आख़िरी इंटरव्यू के कमरे की दीवार पर टँगे देखा था।

कहानी बस यहीं तक थी। मैंने देखा–पार्थसारथी रॉक के सबसे ऊँचे पत्थर पर खड़े होकर वह मुझे देख मुस्करा रहा था। एकबारगी मैं सन्न रह गया था। पर सोचने पर लड़ाइयाँ काल्पनिक लगीं। शातिराना उसे देख मैं तब मुस्कराया।

मुस्कराते मैंने नज़रें घुमायीं। जेएनयू का सुन्दर परिसर शोभायमान हो रहा था। नौ मंजिली लाइब्रेरी अपनी शान में दमक रही थी। सड़क पर लड़के-लड़कियाँ उन्मुक्त टहल रहे थे।

सहसा मेरे मुँह से निकला–'लेकिन गुरु हत्या?'

वह गम्भीर हो उठा। सिगरेट जलायी और उसके छल्ले निकालने लगा। पत्थर से उतरकर मेरे पास आकर बैठ गया।

धीरे से बोला–'मैंने कोई हत्या नहीं की। उन्होंने आत्मदाह किया। उनके विचार उन्हें उस ओर ले गये। मैं तो उन्हें बस झिंझोड़ रहा था।'

'देखो'–वह कह रहा था–'आचार्य मानते थे कि विचार और क्रिया से लबरेज एक मार्क्सिस्ट कॉमरेड ही असली ज्ञानी और शिक्षक हो सकता है। उन्होंने इसी हिसाब से ज्ञान और ज्ञानी को निर्मित करने की कोशिश की। संस्थान को विदेशी लाल रंग में रंगते रहे, जबकि वे भूल गये कि हमारी मिट्‌टी की तासीर कुछ और है। वे भूल गये पार्थसारथी रॉक के इन पत्थरों को जिनके सम्मुख यह अनुभव होता है कि हम उनके गवाह नहीं हैं—वे हमारे गवाह हैं। हम उनके अस्तित्व को नहीं देख रहे, वे हमारे बीतने को देख रहे हैं।

निर्निमेष मैं बस उसे देख रहा था।

उसने दूसरी सिगरेट सुलगायी और बात जारी रखी–'इसके बावजूद उनमें यह अहंकार था कि वह इतिहास रच रहे हैं, जबकि वे इतिहास से त्रस्त थे। पार्थसारथी रॉक के ये पत्थर हमें उस मृत्यु का बोध कराते हैं, जो हम अपने भीतर लेकर चलते हैं। लेकिन आचार्य हमें इस सब से काट रहे थे। पश्चिम में पैदा एक अजनबी दर्शन के सहारे वे हमारे सनातन ज्ञान को विस्मृत कर हमें न जाने किस पद्धति में ढाल रहे थे। न जाने कौन-सी क्रान्ति का स्वप्न पाले बैठे थे। एक ऐसी क्रान्ति जो उसके पैदा होने वाली ज़मीन पर ही असफल हो चुकी है।'

और अन्ततः उसकी आवाज़ डूबती गयी–"उनके मन की असंगति उन्हें मृत्यु की ओर ले गयी। वे जड़ों से उखड़ चुके थे और वैसे ही ज्ञान का प्रसार कर रहे थे। स्मृति ही उनके पीछे पड़ी थी। परम्परा ही उनकी दुश्मन थी। मैं तो उन्हें जाग्रत भर कर रहा था।"

'समझ नहीं आता कि दास्तानों में क्या तो सच और क्या तो झूठ!'–मैं बुदबुदा रहा था।

उसने ज़ोर का ठहाका लगाया और फिर मैंने देखा, अपने में मग्न वह महाकवि अज्ञेय को गुनगुना रहा था–

'मैं कवि हूँ
मैं सच लिखता हूँ
लिख-लिख कर सब
झूठा करता जाता हूँ

तू काव्य
तू छलता है
पर हर छल में
तू और विशद, अभ्रान्त
अनूठा होता जाता है।'

□□